C000313062

Sur le zinc

Au café avec les écrivains

Gallimard

J. K. HUYSMANS
Les habitués du café

Les uns fréquentent régulièrement tel café, afin d'entretenir une clientèle qui s'y désaltère, d'amorcer des commandes ou d'apprêter avec d'autres habitués quelques-uns de ces spécieux larcins que la langue commerciale qualifie de «bonnes affaires».

Les autres y vont pour satisfaire leur passion du jeu, poussent sur le pré tondu d'un billard de bruyantes billes, remuent d'aigres dominos, de fracassants jackets, ou graissent, en se disputant, de silencieuses cartes.

D'autres fuient dans ces réunions les maussaderies d'un ménage où le dîner n'est jamais prêt, où la femme bougonne au-dessus d'un enfant qui crie.

D'autres viennent simplement pour s'ingurgiter les contenus variés de nombreux verres.

D'autres encore recherchent des personnes résignées sur lesquelles ils puissent déverser les bavardages politiques dont ils sont pleins.

D'autres enfin, célibataires, ne veulent point

dépenser chez eux de l'huile, du charbon, un journal, et ils réalisent d'incertaines économies, en
s'éternisant devant une consommation, à la saveur
épuisée par des carafes d'eau.

Qui ne les connaît, ces habitués? Dans des
livrées de café diverses, ce sont, plus ou moins
riches, mais d'une intelligence de cerveau sem-
blable, les mêmes magasiniers échappés pour une
heure ou deux de leurs boutiques, les mêmes
négociants assermentés des estaminets voisins des
boulevards, les mêmes courtiers ramassant d'ana-
logues affaires derrière la Bourse, les mêmes journalistes en quête d'articles, les mêmes bohèmes à
l'affût de crédit, les mêmes employés gorgés de
plaintes; tous se cherchent dans la fumée en cli-
gnant les yeux, et le garçon qu'ils hèlent par son
prénom s'enfuit. Une fois installés, ils fument, cra-
chent entre leurs jambes, échangent des aperçus
sans nouveauté entre deux parties de cartes. Une
certaine cordialité défiante se décèle entre gens
d'un métier pareil; une sorte de politesse commerciale réglemente ce débraillé d'hommes, à
l'aise, loin des femmes. Les coulissiers s'exceptent
pourtant; pendant la Bourse, ils entrent dans leurs
cafés, ne disent ni bonjour, ni bonsoir, ne se
saluent même pas, causent à la cantonade, boivent
une gorgée de boue verte et, sans même toucher
de la main à leur chapeau, se bousculent et sortent
sans fermer les portes.

L'attrait que le café exerce sur ce genre d'habitués s'explique, car il est composé de desseins en
jeu, de besoin de lucre, de repos aviné, de joies
bêtes. Mais en sus de ces habitués dont la psycho-
logie est enfantine et dont la culture d'esprit est
nulle, il en est d'autres sur lesquels l'influence des-
potique du café agit : des habitués riches ou de vie
large, célibataires invaincus sans ménage à fuir,
gens sobres exécrant le jeu, ne parlant point, lisant
les journaux à peine. Ceux-là sont les amateurs
désintéressés, les habitués qui aiment le café, en
dehors de toute préoccupation, en dehors de tout
profit, pour lui-même.

Cette clientèle se recrute parmi de vieilles gens,
surtout parmi des savants et des artistes, voire
même parmi des prêtres. Forcément les excen-
triques et les maniaques abondent dans cette petite
caste d'individus réunis et s'isolant dans une passion unique. À les observer, ces habitués se regar-
dent en dessous, sans désir de se connaître, mais ils
ont la provisoire bienveillance des complices.

*« Les uns fréquentent
régulièrement tel café »*

FRANZ BARTELT

Le bar des habitudes*

C'était troublant. Depuis quinze ans, le café des Marronniers n'avait jamais de nouveaux clients. L'établissement fonctionnait avec trois douzaines de buveurs dont les présences s'échelonnaient de l'ouverture à la fermeture, avec une pointe en fin d'après-midi. Balmont était le client du matin. Au comptoir. À l'angle, derrière la vitrine, un espace d'un demi-mètre carré, où il déployait le journal. C'était sa place, quand il descendait du bus. Il buvait un café crème avec deux sucres. Depuis quinze ans, cinq jours sur sept, avant de rejoindre la quincaillerie où il faisait carrière, il buvait son café crème avec deux sucres en lisant le journal, dans l'angle, derrière la vitrine, tournant le dos à la rue. Tous les jours, la même chose.

Ce matin, à sa place, il y avait un type, qu'il n'avait jamais vu. Il pensa à une erreur du hasard.

* Extrait de *Le bar des habitudes* (Folio n° 4626).

Les choses de l'univers sont organisées, mais de loin en loin un cheveu peut les dérégler pendant quelques minutes. Les horoscopes en savent plus long que nous dans ce domaine. Il se résigna à boire son café, dos à la salle, vide à cette heure.

D'habitude, quand il avait terminé sa tasse de café, replié le journal, une vieille femme du nom d'Adèle poussait la porte et s'installait à la deuxième table de la rangée, à droite, et commandait un vin de Moselle. Balmont n'en savait pas plus, car la voix d'Adèle commandant son blanc de Moselle était pour lui le signal du départ. Il saluait alors d'un coup de tête et s'en allait sans prononcer une parole.

Le patron connaissait ses gens, ce que les uns et les autres buvaient, mais il attendait toujours qu'on lui passe commande. C'était son habitude. Tout le monde a des habitudes. Balmont, dit Sardine, en avait peut-être plus que n'importe qui. Le patron s'en fit la remarque lorsqu'il vit que la place de ce dernier était occupée par ce type que personne n'avait jamais vu dans le quartier, peut-être un représentant de commerce. Quand il avait vu Balmont apparaître, il s'était senti gêné de ne pas avoir su interdire le territoire d'un client fidèle. Par réflexe, pour se racheter, pour faire diversion, il avait tiré le café crème avant que Balmont se fût accoudé à un autre endroit du bar. En se tordant devant le percolateur, il lui avait même lancé un

vibrant : « Ça va, ce matin, monsieur Balmont ? »
qui intrigua le monsieur Balmont en question,
lequel hocha la tête en signe d'assentiment.

À vrai dire, Balmont était sonné. En moins de
cinq secondes, une partie de son univers s'était
effondrée. Sa place était prise, le patron lui servait
un café crème qu'il n'avait pas commandé tout en
l'accueillant d'une voix tonitruante. Il regarda
autour de lui. Tout avait l'air normal. Comme
d'habitude, aurait-il été tenté de dire. Il coula un
regard vers la gauche. Le type était enfoui dans le
journal déplié, qu'il tenait à bout de bras. Il ne
l'avait jamais vu. C'était du passage. Demain, il
serait loin. Le monde reprendrait son ordre natu-
rel.

D'ordinaire, le patron n'était pas bavard. C'était
un gros homme en maillot de corps bleu. Il ne
prononçait pas vingt-cinq paroles à la journée.
Pourquoi aujourd'hui se campait-il en face de Balmont ? Pourquoi claquait-il des dents ? Balmont ne
savait pas quoi faire de lui-même. Tout en tournant sa cuillère dans la tasse, il laissait errer son
regard devant lui, dans ce qui aurait été le vide s'il
n'y avait eu le maillot de corps bleu. À cette heure,
buvant son café crème, il avait l'habitude de lire le
journal.

« Il y a longtemps que je voulais vous poser une
question, monsieur Balmont, dit le patron avec un
air d'empoté. Je peux ?

— Je vous en prie, murmura Balmont.

— Je voulais vous demander pourquoi tout le monde vous appelle Sardine ? »

Il avait eu quinze ans pour s'inquiéter de cela. Mais c'était ce matin qu'il se décidait à satisfaire sa curiosité, profitant de cette relative désorganisation de son comptoir.

Balmont ne savait pas pourquoi on l'appelait Sardine. C'était un surnom qui remontait à son enfance. Il s'était lui aussi posé la question de l'origine de ce surnom. Mais ses parents, ses grands-parents, personne ne connaissait la réponse. Il avait été surnommé Sardine par la force des choses, tout petit, peut-être dès sa naissance, et ça lui était resté, sans malice, sans motif, par habitude.

« On ne vous appelle jamais Balmont, continuait le patron.

— Presque jamais, c'est vrai, dit Balmont.

— Toujours Sardine.

— C'est aussi bien », dit Balmont.

Pendant un moment, il avait espéré que le type s'en irait rapidement. Ou même seulement qu'il replierait le journal, le mettant à sa disposition. Il n'y avait jamais rien d'intéressant dans le journal. Dans cette province, il s'en passait autant qu'ailleurs, mais le journal n'en parlait jamais. La vie locale ne méritait pas d'être rapportée, sauf le sport, les clubs du troisième âge, les manœuvres des pompiers, la rentrée scolaire. Tous les ans, les mêmes articles, les mêmes nouvelles, à la même date, dans le même style. Comme le patron, comme la vieille Adèle, comme les autres clients du bar, Balmont ne lisait le journal que pour vérifier que la vie s'écoulait sans heurts, sans accidents, dans l'habitude, dans la routine. Au fond, c'était rassurant. Il y a un plaisir tranquille de se conforter jour après jour à l'idée que rien ne change, et que nous ne changeons pas non plus. À force, on peut s'aventurer à croire à un genre d'immortalité du quotidien. Si rien n'arrive, rien de mal ne peut arriver. Calcul élémentaire.

Le café crème avait le même goût que d'habitude, mais de le boire à une place différente faisait venir à l'esprit de Balmont des pensées qui ne l'effleuraient pas les autres jours. D'habitude, le journal l'occupait. Ce matin, d'un coup, sans y avoir été préparé, sans même en avoir été prévenu, il était livré à lui-même. Il eut l'intuition que ce n'était pas une journée comme les autres et que l'enchaînement des gestes, des tâches, s'en trouverait perturbé jusqu'au soir, ce qui pourrait peut-être aussi influer sur le cours de la journée du lendemain, laquelle induirait un gauchissement de la semaine, avec des conséquences sur le samedi, et peut-être également sur le dimanche. Il se laissait flotter dans cette rêverie inquiète. Rien ne lui interdisait non plus d'estimer que le type reviendrait les jours suivants. Toujours, peut-être. Il avait une tête opiniâtre. Le genre qui dénonce une longue pratique de l'incrustation et un mépris total des cultures locales. Il portait haut les épaules et bas la moue, ne prêtait aucune attention à ce qui se passait autour de lui, n'avait pas tourné la tête lorsque Balmont avait poussé la porte, n'avait pas levé le nez de son journal lorsque Balmont s'était accoudé au comptoir et n'avait pas dressé l'oreille quand le patron avait amorcé sa petite conversation. Il buvait du café noir. Dans une tasse minuscule, comme les gens des villes.

Jugeant qu'il avait fait son possible et plus pour adoucir la contrariété d'un vieux client, le patron se retranchait maintenant dans son mutisme habituel. Le maillot de corps bleu ne contenait aucune angoisse. Les patrons de bar ont tout vu, tout vécu, rien ne les émeut vraiment. Néanmoins, lui aussi sentait que ce jour n'était pas tout à fait comme les autres. Il observait vaguement Balmont, sans en conclure quoi que ce soit. Il l'avait présumé déçu. Quand le type s'était installé dans le coin, il avait été sur le point de lui dire que la place était réservée. Mais, en tant que patron de bar, il considérait avant tout la liberté de la clientèle. Le premier arrivé choisit sa place. Les suivants s'arrangent avec les places qui restent à leur disposition. Jamais il n'entrait dans les habitudes de ses clients. C'était son habitude.

Maintenant, devant la mine chagrine de Balmont, il regrettait peut-être un peu, mais pas assez pour éprouver concrètement de l'embarras. Il croisa les bras.

Balmont songeait à sa femme. Une femme mariée à un homme aussi réglé pouvait s'organiser en toute sécurité une double vie, idéalement cloisonnée. À peine Balmont s'était-il éloigné du pavillon qu'il habitait dans la banlieue qu'un voisin se glissait dans son lit, puis dans son épouse. C'était un soupçon qui jusqu'ici ne lui était jamais venu à la conscience. Sa première réaction fut de le repousser. C'était idiot. Mais il y revint doucement, malgré lui, pour l'approfondir. Il essaya d'imaginer comment les choses pouvaient se dérouler, qui parmi les voisins, les amis, les connaissances pouvait plaire à sa femme, s'il n'y avait pas des détails dans le comportement de cette dernière auxquels il n'aurait pas attaché d'importance, mais qui auraient pu à un moment donné lui mettre la puce à l'oreille. Sur l'instant, il en conçut une sorte de tourment, peut-être excessif, mais qui se nourrissait rapidement de souvenirs ambigus, de visions énigmatiques, de paroles étranges, tout cela en vrac, se bousculant dans le creux à vif de sa perplexité. À vrai dire, il ne savait pas quoi penser. Il but une gorgée de café crème, déjà trop tiède, et fade. Il ne se sentait pas en forme. L'hiver était sur sa fin. La lumière ne revenait pas encore. Tout le monde se prétendait fatigué. On attendait le printemps.

Machinalement, le regard du patron glissa sur l'horloge murale. Il fronça les sourcils. Balmont aurait dû être parti depuis près de dix minutes. Il examina son client du matin, lui trouva mauvaise mine. Il n'avait pas terminé son café crème. Il se serait bien enquis de sa santé, ce sont des choses naturelles après une fréquentation de quinze ans. Mais la journée était déjà bien assez compliquée comme ça. D'ailleurs, Balmont n'avait sans doute pas envie de parler. Il semblait perdu dans des tracas.

Balmont sentait que le temps devenait pesant. Il attendait l'arrivée d'Adèle. Il n'était pas encore sûr de lui. Dès qu'il sortirait du café, il serait tenté de rentrer à la maison. Il se cherchait un prétexte. Une excuse, plutôt. Que dirait sa femme en le voyant débarquer au milieu de la matinée ? Et lui, que dirait-il s'il la découvrait au lit avec son amant ? «Amant», le mot résonnait bizarrement dans sa tête, comme un mot étranger. Il avait envie de l'articuler, de se l'entendre prononcer à voix haute. Mais il y avait le patron du bar. Déjà qu'il le fixait avec des yeux de fou. Il y avait aussi ce client. L'intrus. Il accola les mots «intrus» et «amant», les mélangea intimement, y décela des signes, en déduisit des logiques. La colère grandissait en lui. Pas une colère féroce. Non, une colère navrée.

Une réaction lâche, qui lui faisait honte. En même temps, il ne pouvait réprimer quelques bouffées de rage, très brèves. Il hésitait. Il avait envie de tirer cette histoire au clair. Il entendit le patron tousser. Le patron ne toussait jamais. Il ne l'avait en tout cas jamais entendu tousser. Le type repliait le journal. C'était la première fois que Balmont entendait le bruit du journal qu'on replie. D'habitude, il n'entendait pas. Il repliait sans y penser. Au moment où la vieille Adèle poussait la porte.

Le type fit sonner deux pièces sur le comptoir. Le compte était juste. Il les fit glisser vers le patron avec un mot aimable. Le patron dit aussi quelque chose, que Balmont ne saisit pas, avant de comprendre que le type avait replié le journal en laissant apparaître la page des nécrologies.

« C'est la photo de Mme Adèle, dit le patron. Elle est morte ?

— Oui. C'était ma tante. On l'enterre aujourd'hui. »

L'homme n'avait pas une voix marquée par le chagrin. Mais il n'avait pas non plus une voix de type qui s'incruste. Balmont vit de nouveau la vie sous le jour auquel il était habitué. C'était un accident. Ce jour demeurerait unique dans la suite des jours identiques. Il était soulagé. Il ne pensait plus à sa femme.

« Vous avez vu, monsieur Balmont, dit le patron, Mme Adèle est décédée ! »

Balmont eut une pensée pour le vin de Moselle. Il n'avait jamais pris la peine de regarder à quoi ressemblait cette femme. Il savait seulement qu'elle avait une voix de vieille dame. Et qu'il partait quand elle commandait son verre. Que tout cela était réglé comme une machine banale. Comme un calendrier.

« Elle était cliente ici, disait le patron.

— Je sais, disait le neveu.

— Vous vous rendez compte ! » dit le patron.

Balmont se coula le long du comptoir. Il n'avait à faire que trois pas de côté. Il vit la photo de Mme Adèle au milieu du faire-part imprimé. Il soupira. Quelque chose en lui sautait de bonheur. Il lui semblait avoir échappé à un danger considérable. Finalement, grâce au ciel, il s'en sortait bien. Il tendit la main vers le neveu et, d'une voix étranglée, il dit :

« Bravo, monsieur, bravo ! »

Il ne comprit pas exactement ce qu'il venait de dire. Il salua le patron d'un mouvement de tête qui signifiait : « À demain ! » L'autre approuva avec un demi-sourire. C'était son habitude.

J. P. DONLEAVY

L'homme de gingembre*

Ils s'engouffrèrent dans la salle qui sentait le tabac et le café et prirent place dans un box accueillant. O'Keefe se frotta les mains.

— Je grille d'arriver à Paris. Je rencontrerai peut-être quelqu'un de riche dans l'avion. Une héritière yankee venant se cultiver en Europe et qui voudra voir les coins intéressants.

— Peut-être même le tien, Kenneth.

— Ouais, mais dans ce cas, je m'arrangerai pour qu'elle ne voie rien d'autre. Comment se fait-il qu'il ne m'arrive jamais rien de pareil? Ce type qui est passé chez moi, il venait de Paris, un type sympathique, il m'a dit qu'on n'a plus de problème dès qu'on fait partie d'une bande, là-bas. Par exemple, les gens de théâtre avec qui il était fourré, un tas de belles femmes qui cherchent des gars dans mon genre, ne brillant pas par la beauté mais par l'in-

* Extrait de *L'homme de gingembre* (Folio n° 1140).

telligence et l'esprit. Un seul inconvénient, dit-il, elles aiment se promener en taxi.

Une serveuse vint prendre leur commande. Deux cafés.

— Tu veux un gâteau à la crème, Dangerfield?

— Très alléchante suggestion, Kenneth, si tu es sûr que cela ne te causera pas d'embarras.

— Un café noir pour moi, mademoiselle, avec deux, attention, deux pots de crème et vous chaufferez légèrement les brioches.

— Oui, monsieur.

La serveuse rit au souvenir d'un matin où ce petit hurluberlu à lunettes est entré et s'est assis avec son gros livre. Elles avaient toutes peur de le servir à cause de ses manières brusques et d'une drôle d'expression dans ses yeux. Il avait passé toute la matinée assis tout seul à tourner les pages. Puis, à onze heures, il avait levé les yeux, saisi une fourchette et s'était mis à taper sur la table à tour de bras en réclamant à grands cris d'être servi. Sans ôter sa casquette.

— Dans moins d'une heure, Dangerfield, je pars chercher fortune. Jésus, je suis tout excité, comme si j'allais perdre mon pucelage. À mon réveil, ce matin, une érection à toucher le plafond.

— Ils l'ont haute de six mètres, Kenneth.

— Couverte d'araignées qui courent dans tous les sens. Jésus, il y a quinze jours, j'étais désespéré. Jake Lowell est venu me voir, la distinction d'un

Bostonien de Harvard, mais il est noir. Il a toutes les femmes qu'il veut mais il traverse une période creuse en ce moment. Il dit que je devrais devenir pédéraste. Plus intellectuel, il dit, davantage mon genre. Alors, il m'a initié, un soir. Ça m'a fait le même effet qu'un bal à Harvard. Je me suis mis à trembler de tout mon corps, les tripes prises de panique. Et nous sommes allés dans un *pub* où ils se retrouvent tous. Il m'a expliqué toutes les petites simagrées qui servent à signaler qu'on est en chasse. Il prétend que toutes les invitations intéressantes se font dans les chiottes.

— C'est assez scabreux, Kenneth.

— Chou blanc. Nous obtenons enfin une invitation chez des gens, je suis là tout ému à imaginer quel effet ça doit faire à une femme, et on vient nous annoncer que rien ne va plus parce que Jake est noir, il provoquerait trop de bagarres, on se le disputerait. Tu notes, personne n'allait se battre pour moi.

— Kenneth, c'est dur mais c'est juste. Ne l'oublie jamais.

— Jésus, qu'est-ce que je peux faire ?

— Il te reste les animaux, ou alors tu t'exhibes publiquement à des fins obscènes et tu fais placarder ton nom et ton adresse.

— J'ai du charme. Je ferais un merveilleux mari. Et je ne prends que des claques dans la gueule. Mais peut-être avais-je seulement envie d'épouser

Constance Kelly parce que je savais qu'elle n'y consentirait jamais. Si elle était venue me dire : mon Kenny chéri, je cède, je suis à toi, je me serais jeté sur elle comme un fou et je me serais enfui encore plus vite. La seule fois que j'ai été heureux, dans mon souvenir, c'est à l'armée. Le Sud mis à part, en garnison au milieu de ces pauvres parias. Mais je me la coulais douce. J'engraissais. Le commandant de la compagnie était un ancien de Harvard. Inutile de te dire qu'on m'avait installé derrière un grand bureau, avec un planton spécialement chargé de me préparer du café. J'entendais tous ces minables se plaindre de la bouffe dégueulasse, mince alors ce que la cuisine de maman peut me manquer, et moi, je leur disais que ma mère n'avait jamais rien fait d'aussi bon. J'ai failli me faire lyncher. La nourriture m'a presque amené à envisager une carrière militaire, mais j'ai découvert qu'on pouvait manger aussi bien dans le civil, à condition de gagner de l'argent.

— À propos d'argent, Kenneth...

La mâchoire d'O'Keefe se contracte. Il s'empare d'un petit pain au lait.

— Écoute, Kenneth, je sais que je te prends un peu à l'improviste, mais te serait-il possible de me passer dix livres ?

De son œil unique, O'Keefe cherche la serveuse et lui fait signe.

— Donnez-moi l'addition, deux cafés, deux brioches et ce petit pain. Je m'en vais.

Une main devant, une main derrière, ajustant fermement sa casquette. Ramassant son sac qu'il jette sur son épaule. Dangerfield debout, chien fidèle suivant à la trace l'os convoité.

— Dix livres, Kenneth, je te promets de te les faire parvenir d'ici quatre jours, tu les trouveras en arrivant là-bas. Aucune inquiétude à avoir. Un prêt de tout repos. Mon père m'envoie cent livres mardi. De tout repos, je t'assure, Kenneth, ton argent sera plus en sécurité que si tu le transportais dans ta poche, tu peux mourir dans l'avion.

— Quelle prévenance de ta part.

— Disons huit.

— Dis huit tout seul, moi je ne dis rien du tout, je ne les ai pas. Je suis traqué dans les rues, sans rien à baiser, j'ai le couteau sur la gorge, je gratte les sous un à un, et pour la première fois, depuis des mois, que j'ai de quoi m'offrir un bain et une séance chez le coiffeur avant de me tirer, tu t'amènes et tu me remets le couteau sur la gorge. Jésus, pourquoi faut-il que je connaisse des fauchés ?

Ils se dirigeaient vers la porte entre les chaises et les tables à dessus de verre, et les serveuses en rang le long du comptoir, bras croisés sur leurs seins noirs, avec le tintement des tasses, les coquilles de beurre, l'odeur de café grillé. Debout devant la haute caisse, O'Keefe farfouillant dans sa poche. Dangerfield l'attendant.

— D'accord, d'accord, guette-moi, vas-y. Oui, tu as raison, j'ai de l'argent. Tu m'as hébergé, tu m'as nourri, d'accord, d'accord, mais maintenant tu me mets le couteau sur la gorge.

— Je n'ai rien dit, Kenneth.

— Et puis, tiens, bon Dieu, prends ça pour l'amour du ciel et saoule-toi, fous-le par les fenêtres, n'importe quoi, mais par tous les diables je veux trouver cet argent là-bas à mon arrivée. Tu m'as eu.

— Voyons, Kenneth, ne te mets pas dans cet état.

— Je suis un imbécile. Si j'étais riche, je t'enverrais te faire foutre. Les pauvres font le malheur des pauvres.

— La pauvreté est temporaire, Kenneth.

— Pour toi, peut-être, mais moi je ne me fais pas d'illusions, je sais salement bien que je peux dégringoler indéfiniment et rester au fond. Tout ce système est fait pour m'enfoncer dans la misère. Je n'en peux plus. Je me suis cassé le cul à gagner cet argent. J'ai dû travailler. Me servir de ma tête.

DAVID MCNEIL

Tous les bars de Zanzibar*

Nous habitons au dix rue des Champs-Élysées, une rue assez modeste malgré son nom pompeux, au douze vit un baron, grand directeur de banque, amateur de jeunes gens, je préfère la baronne du baron du quatorze, je dois être le seul dans toute cette maudite rue à ne pas posséder un titre de noblesse.

Elle se languit tellement d'un amour italien que sa mère n'aimait pas à cause de sa moto, alors elle se console en faisant au baron plein de petits barons dont une belle baronnette et puis sort tous les soirs, moi j'accroche mon wagon, on prend sa Simca Mille et on écoute du jazz, elle choisit mes copines mais elle est difficile donc je dors souvent seul et finis dans un bar nommé Petit Bruxelles qui ne ferme jamais ou en tout cas sans moi.

C'est un café sinistre où les sièges s'effondrent,

* Extrait de *Tous les bars de Zanzibar* (Folio n° 2827).

le seul bar où j'ai vu les cartons ronds qu'on met
normalement sous les verres être posés dessus à
cause de la poussière. C'est tenu par Edwin qui a
connu Coltrane, il est déjà cintré en sortant de son
lit, Valia sa carabosse qui ne l'engueule qu'en russe
a une photo du tsar qu'elle ne quitte jamais cachée
sur sa poitrine, sous sa robe toujours noire depuis
l'année dix-sept. Un géant de deux mètres qui la
couve des yeux fait un peu le ménage quand des
gens fatigués veulent en venir aux mains, juste à
gauche en entrant s'assoit le «Colonel», en tenue
militaire démilitarisée, il parle bien l'anglais même
dans l'état d'Edwin et raconte des histoires de lan-
ciers du Bengale. À côté se tiennent Mike, Maro-
cain un peu trouble, et puis Hubert Mottard,
poète, ami de Norge qui peut rester deux heures
totalement immobile avec un verre en main, serré
dans son blouson d'une couleur qui n'existe dans
aucun arc-en-ciel. Quand j'amène une jeunesse il
récite un poème et puis très posément nous
explique que l'hôtel c'est plus intéressant si on y
va à trois.

Et puis il y a Jerry qui chante dans les cafés et
habite juste au coin dans un grand atelier, une
ancienne salle de danse qu'on pourrait partager
d'autant plus qu'il n'a plus un sou pour le loyer,
l'endroit est gigantesque il faut seulement meubler,
mais cette ville ressemble à ces villes orientales où
on trouve ce qu'on veut sans bouger de sa chaise,

assis chez le barbier on passe sa commande, on
demande un vélo, on vous apporte une chèvre
mais en négociant bien on peut avoir les deux, le
vélo et la chèvre, la chèvre et le vélo, et même en
insistant ce n'est pas impossible qu'on vous amène
une chèvre qui sache faire du vélo.

Je suis aussi fauché que mon nouvel ami alors il
faut chercher un troisième locataire qui paierait le
loyer sans être souvent là et nous dénichons vite
dans un café en ville un type nommé Barlich qui
descend d'une famille illustre au Luxembourg, il
fait de la gravure et il adore l'endroit alors le lendemain il amène tous ses meubles.

Ils sont d'un joli style gothico-ardennais et si
Jerry préfère un divan dépliant, moi je dors dans
un lit en chêne plus que massif dans lequel l'ébé-
niste a sculpté, inspiré, une scène de chasse à
courre. Au-dessus de la tête se dressent les bois
d'un cerf, tué sans doute au temps de Godefroi de
Bouillon, voilà que j'ai les cornes de toutes mes
infortunes comme on disait jadis quand la femme
qu'on aimait partageait avec d'autres les pleins, les
déliés qu'on se croyait acquis, je pense aux tons
pastel de ma blonde d'Angleterre, à ceux d'encre
de Chine de ma brune de Bruxelles, sans compter
toutes les autres sans doute encore plus chiennes
mais sans doute plus discrètes et je m'endors tout
seul au milieu de ma meute, me disant que ces

chiens figés depuis des siècles seront bien plus fidèles que toutes mes fiancées.

C'est dans ce monument que toute la dynastie des Barlich-Luxembourg a dû se perpétuer, certains ont dû y naître, certains s'y sont éteints, certains s'y sont aimés et j'ai honte d'avouer qu'un soir je l'ai brûlé dans notre cheminée mais il gelait très fort, les autres meubles avaient flambé depuis longtemps et le truc de Jerry qu'il appelle le programme «Luttons contre le froid» ne marche pas toujours. Ça consiste à séduire une petite grassouillette et à attendre qu'elle s'endorme pour ouvrir la fenêtre en retirant bien sûr édredon, couvertures, dans lesquels on s'enroule : il faut compter une heure pour une de ces grippes simples, une heure vingt, une heure trente si on veut une bronchite et là elle vous réchauffe pendant plus d'une semaine à trente-neuf degrés cinq. L'idée n'est pas mauvaise, disons l'idée en soi, mais c'est aléatoire. J'ai fait quelques bistrots, repéré un loukoum, il faut qu'elle soit du genre mou et enveloppant. Celle que j'avais trouvée était tout à fait ça, c'était un négatif d'anorak en kapok, je la ramène chez nous dans mon lit des Ardennes, lui fais faire le parcours complet du combattant, mais c'est moi qui m'endors, elle qui part en pestant, me traitant de minable, plus les filles se sentent moches plus elles font des problèmes, les déesses que personne n'ose même approcher sont de vraies amoureuses,

elles disent «oui», elles disent «non» ou quelquefois «peut-être» mais toujours avec cette adorable
élégance qu'ont les gros chiens qui savent qu'ils
vous tuent quand ils veulent et vous mordillent les
doigts avec délicatesse.

Les toilettes sont bouchées en bas de l'atelier
alors de temps en temps je vais au Bodega juste en
face de chez moi, c'est comme un Chaton-Bar
mais à la bruxelloise, je passe souvent devant avec
ma vieille Couesnon, les «filles» du monde entier
aiment bien les musiciens, qui vivent aussi la nuit
et que les gens méprisent, on leur glisse un billet
dans la poche du smoking pour qu'ils jouent «Tea
for Two» ou une sottise comme ça, après tout elles
et nous on fait le même métier, Bessie Smith, Nat
King Cole, on a tous au parking le même camion
de blues.

Elles m'offrent du café, je finis le champagne des
clients quand elles montent, elles me racontent
après, je croyais être un homme déjà très dépravé
quand je poussais la porte d'une mignonne sous sa
douche, mais là c'est autre chose, certains veulent
qu'on les lange, d'autres aiment être fouettés avec
un soutien-gorge et qu'elles crient «hue cocotte»
à cheval sur leur dos, sans parler des objets qu'ils
amènent avec eux dans leurs attachés-cases. Parfois
une petite Louise qui a fini ses heures et au moins
dix clients veut rentrer avec moi, elle achète une
bouteille au bar à prix coûtant, s'endort tout

habillée et suce un peu son pouce allongée dans mes bras pendant que moi je joue.

La trompette dans les bars et dans les restaurants ce n'est pas l'idéal pour aller faire la manche alors Jerry essaie de m'apprendre la guitare et on part vers huit heures dans le bas de la ville, moi je ne fais encore que semblant de gratter alors quand il s'arrête j'ai vraiment l'air idiot. Il chante, je fais la tierce, on attend qu'une gamine demande «Jeux interdits», c'est notre «Tea for Two», elle est tellement émue que le papa se doit de sortir un billet qui paiera les sandwiches chez Oscar au Welkom où la grosse Alida oublie de nous compter au moins un verre sur deux. Ou bien des moules et frites chez *Janine et Pierrot*, on mange à volonté, Janine a ses humeurs, Pierrot dort sous une table, avant d'être servi ça peut durer trois heures, ça peut durer mille ans, on a même retrouvé un lendemain matin un client endormi dans le fond du bistrot qu'on avait oublié devant son assiette vide.

PATRICK MODIANO

Dans le café de la jeunesse perdue *

J'ai eu de la chance que ce jeune homme soit
mon voisin de table au Condé et que nous enga-
gions d'une manière aussi naturelle la conversation.
C'était la première fois que je venais dans cet établissement et j'avais l'âge d'être son père. Le cahier
où il a répertorié jour après jour, nuit après nuit,
depuis trois ans, les clients du Condé m'a facilité
le travail. Je regrette de lui avoir caché pour quelle
raison exacte je voulais consulter ce document
qu'il a eu l'obligeance de me prêter. Mais lui ai-je
menti quand je lui ai dit que j'étais éditeur d'art ?

Je me suis bien rendu compte qu'il me croyait.
C'est l'avantage d'avoir vingt ans de plus que les
autres : ils ignorent votre passé. Et même s'ils vous
posent quelques questions distraites sur ce qu'a été
votre vie jusque-là, vous pouvez tout inventer.

* Extrait de *Dans le café de la jeunesse perdue* (collection
Blanche, 2007).

Une vie neuve. Ils n'iront pas vérifier. À mesure que vous la racontez, cette vie imaginaire, de grandes bouffées d'air frais traversent un lieu clos où vous étouffiez depuis longtemps. Une fenêtre s'ouvre brusquement, les persiennes claquent au vent du large. Vous avez, de nouveau, l'avenir devant vous.

Éditeur d'art. Cela m'est venu sans y réfléchir. Si l'on m'avait demandé, il y a plus de vingt ans, à quoi je me destinais, j'aurais bredouillé : éditeur d'art. Eh bien, je l'ai dit aujourd'hui. Rien n'a changé. Toutes ces années sont abolies.

Sauf que je n'ai pas fait entièrement table rase du passé. Il reste certains témoins, certains survivants parmi ceux qui ont été nos contemporains. Un soir, au Montana, j'ai demandé au docteur Vala sa date de naissance. Nous sommes nés la même année. Et je lui ai rappelé que nous nous étions rencontrés jadis, dans ce même bar, quand le quartier brillait encore de tout son éclat. Et d'ailleurs, il me semblait l'avoir croisé bien avant, dans d'autres quartiers de Paris, sur la Rive droite. J'en étais même sûr. Vala a commandé, d'une voix sèche, un quart Vittel, me coupant la parole au moment où je risquais d'évoquer de mauvais souvenirs. Je me suis tu. Nous vivons à la merci de certains silences. Nous en savons long les uns sur les autres. Alors nous tâchons de nous éviter. Le mieux, bien sûr, c'est de se perdre définitivement de vue.

Quelle drôle de coïncidence... Je suis retombé sur Vala cet après-midi où j'ai franchi, pour la première fois, le seuil du Condé. Il était assis à une table du fond avec deux ou trois jeunes gens. Il m'a lancé le regard inquiet du bon vivant en présence d'un spectre. Je lui ai souri. Je lui ai serré la main sans rien dire. J'ai senti que le moindre mot de ma part risquait de le mettre mal à l'aise vis-à-vis de ses nouveaux amis. Il a paru soulagé de mon silence et de ma discrétion quand je me suis assis sur la banquette de moleskine, à l'autre bout de la salle. De là, je pouvais l'observer sans qu'il croise mon regard. Il leur parlait à voix basse, en se penchant vers eux. Craignait-il que j'entende ses propos ? Alors, pour passer le temps, je me suis imaginé toutes les phrases que j'aurais prononcées d'un ton faussement mondain et qui auraient fait perler à son front des gouttes de sueur. «Vous êtes encore toubib ?» Et après avoir marqué un temps : «Dites, vous exercez toujours quai Louis-Blériot ? À moins que vous ayez conservé votre cabinet rue de Moscou... Et ce séjour à Fresnes d'il y a longtemps, j'espère qu'il n'a pas eu de trop lourdes conséquences...» J'ai failli éclater de rire, là tout seul, dans mon coin. On ne vieillit pas. Avec les années qui passent, beaucoup de gens et de choses

finissent par vous apparaître si comiques et si déri-
soires que vous leur jetez un regard d'enfant.

Cette première fois, je suis resté longtemps à
attendre au Condé. Elle n'est pas venue. Il fallait
être patient. Ce serait pour un autre jour. J'ai
observé les clients. La plupart n'avaient pas plus de
vingt-cinq ans et un romancier du XIXᵉ siècle aurait
évoqué, à leur sujet, la «bohème étudiante». Mais
très peu d'entre eux, à mon avis, étaient inscrits à
la Sorbonne ou à l'École des mines. Je dois avouer
qu'à les observer de près je me faisais du souci pour
leur avenir.

Deux hommes sont entrés, à très peu d'inter-
valle l'un de l'autre. Adamov et ce type brun à
démarche souple qui avait signé quelques livres
sous le nom de Maurice Raphaël. Je connaissais de
vue Adamov. Jadis, il était presque tous les jours
au Old Navy et l'on n'oubliait pas son regard. Je
crois que je lui avais rendu un service pour régu-
lariser sa situation, du temps où j'avais encore
quelques contacts aux Renseignements généraux.
Quant à Maurice Raphaël, il était aussi un habitué
des bars du quartier. On disait qu'il avait eu des
ennuis après la guerre sous un autre nom. À cette
époque, je travaillais pour Blémant. Tous les deux,
ils sont venus s'accouder au comptoir. Maurice
Raphaël restait debout, très droit, et Adamov
s'était hissé sur un tabouret en faisant une grimace
douloureuse. Il n'avait pas remarqué ma présence.

D'ailleurs, mon visage évoquerait-il encore quelque chose pour lui? Trois jeunes gens, dont une fille blonde qui portait un imperméable défraîchi et une frange, les ont rejoints au comptoir. Maurice Raphaël leur tendait un paquet de cigarettes et les considérait avec un sourire amusé. Adamov, lui, se montrait moins familier. On aurait pu croire à son regard intense qu'il était vaguement effrayé par eux.

J'avais deux photomatons de cette Jacqueline Delanque dans ma poche... Du temps où je travaillais pour Blémant, il était toujours surpris de ma facilité à identifier n'importe qui. Il suffisait que je croise une seule fois un visage pour qu'il reste gravé dans ma mémoire, et Blémant me plaisantait sur ce don de reconnaître tout de suite une personne de loin, fût-elle de trois quarts et même de dos. Je n'éprouvais donc aucune inquiétude. Dès qu'elle entrerait au Condé, je saurais que c'était elle.

Le docteur Vala s'est retourné en direction du comptoir, et nos regards se sont croisés. Il a fait un geste amical de la main. J'ai eu brusquement l'envie de marcher jusqu'à sa table et de lui dire que j'avais une question confidentielle à lui poser. Je l'aurais entraîné à l'écart et je lui aurais montré les photomatons : «Vous connaissez?» Vraiment, il m'aurait été utile d'en savoir un peu plus sur cette fille par l'un des clients du Condé.

Dès que j'avais appris l'adresse de son hôtel, je m'étais rendu sur les lieux. J'avais choisi le creux de l'après-midi. Il y aurait plus de chance qu'elle soit absente. Du moins, je l'espérais. Je pourrais ainsi poser quelques questions sur son compte à la réception. C'était une journée d'automne ensoleillée et j'avais décidé de faire le chemin à pied. J'étais parti des quais et je m'enfonçais lentement vers l'intérieur des terres. Rue du Cherche-Midi, j'avais le soleil dans les yeux. Je suis entré au Chien qui fume et j'ai commandé un cognac. J'étais anxieux. Je contemplais, derrière la vitre, l'avenue du Maine. Il faudrait que je prenne le trottoir de gauche, et j'arriverais au but. Aucune raison d'être anxieux. À mesure que je suivais l'avenue, je recouvrais mon calme. J'étais presque sûr de son absence et d'ailleurs je n'entrerais pas dans l'hôtel, cette fois-ci, pour poser des questions. Je rôderais autour, comme on fait un repérage. J'avais tout le temps devant moi. J'étais payé pour ça.

Quand j'ai atteint la rue Cels, j'ai décidé d'en avoir le cœur net. Une rue calme et grise, qui m'a évoqué non pas un village ou une banlieue mais ces zones mystérieuses que l'on nomme «arrière-pays». Je me suis dirigé droit vers la réception de l'hôtel. Personne. J'ai attendu une dizaine de minutes avec l'espoir qu'elle ne ferait pas son apparition. Une porte s'est ouverte, une femme brune aux cheveux courts, habillée tout en noir, est venue au bureau de la réception. J'ai dit d'une voix aimable :

« C'est au sujet de Jacqueline Delanque. »

Je pensais qu'elle était inscrite ici sous son nom de jeune fille.

Elle m'a souri et elle a pris une enveloppe dans l'un des casiers derrière elle.

« Vous êtes monsieur Roland ? »

Qui était ce type ? À tout hasard, j'ai fait un vague hochement de tête. Elle m'a tendu l'enveloppe sur laquelle était écrit à l'encre bleue : *Pour Roland*. L'enveloppe n'était pas cachetée. Sur une grande feuille de papier, j'ai lu :

Roland, viens me retrouver à partir de 5 heures au Condé. Sinon téléphone-moi à AUTEUIL *15-28 et laisse-moi un message.*

C'était signé Louki. Le diminutif de Jacqueline ?

J'ai replié la feuille et l'ai glissée dans l'enveloppe que j'ai remise à la femme brune.

« Excusez-moi... Il y a eu confusion... Ce n'est pas pour moi. »

Elle n'a pas bronché et elle a rangé la lettre dans le casier d'un geste machinal.

« Jacqueline Delanque habite depuis longtemps ici ? »

Elle a hésité un instant et elle m'a répondu d'un ton affable :

«Depuis un mois environ.

— Seule?

— Oui.»

Je la sentais indifférente et prête à répondre à toutes mes questions. Elle posait sur moi un regard d'une grande lassitude.

«Je vous remercie, lui ai-je dit.

— De rien.»

Je préférais ne pas m'attarder. Ce Roland risquait de venir d'un instant à l'autre. J'ai rejoint l'avenue du Maine et l'ai suivie en sens inverse de tout à l'heure. Au Chien qui fume j'ai commandé de nouveau un cognac. Dans l'annuaire, j'ai cherché l'adresse du Condé. Il se trouvait dans le quartier de l'Odéon. Quatre heures de l'après-midi, j'avais un peu de temps devant moi. Alors, j'ai téléphoné à AUTEUIL 15-28. Une voix sèche m'a évoqué celle de l'horloge parlante : «Ici le garage La Fontaine... Que puis-je pour votre service?» J'ai demandé Jacqueline Delanque. «Elle s'est absentée un moment... Il y a un message?» J'ai été tenté de raccrocher, mais je me suis forcé à répondre : «Non, aucun message. Merci.»

Avant tout, déterminer avec le plus d'exactitude possible les itinéraires que suivent les gens, pour mieux les comprendre. Je me répétais à voix basse : «Hôtel rue Cels. Garage La Fontaine. Café Condé.

Louki». Et puis, cette partie de Neuilly entre le bois de Boulogne et la Seine, là où ce type m'avait donné rendez-vous pour me parler de sa femme, la dénommée Jacqueline Choureau, née Delanque.

« Les autres y vont
pour satisfaire leur passion du jeu »

EUGÈNE DABIT
L'Hôtel du Nord *

Le père Louis, Mimar et Marius Pluche, étaient grands joueurs de cartes. D'interminables manilles servaient de prétexte pour boire. Pluche montrait de la hardiesse dans le choix des consommations. Tandis qu'on distribuait les cartes, il inspectait du regard les bouteilles alignées derrière le comptoir. Les nouvelles étiquettes allumaient dans ses yeux des convoitises d'enfant. Il déchiffrait : chambéry-fraisette.

— Hé, Mimar ! Tu paies un chambéry-fraisette ?

Mimar, entêté dans ses habitudes, grommelait :

— Les nouveautés, ça ne me dit rien. Moi, j'en reste au pernod.

Il inscrivait les gains sur une ardoise, et, chaque fois qu'il avait fini ses additions, avec une solennité rituelle, il crachait dans la sciure qui couvrait le carrelage.

* Extrait de *L'Hôtel du Nord* (Folio n° 2155).

Lecouvreur, qu'ils obligeaient à jouer avec eux, se levait dès qu'il pouvait, pour remplir les verres. Ce jeu l'excédait. Toujours les mêmes discussions, les uns qui en tiennent pour «l'amer», les autres pour «l'anis», celui-ci qui est «unitaire», celui-là qui est «cégétiste», et tout ça vociféré comme si le sort du monde devait en dépendre.

Pendant qu'il jouait, Louise, au comptoir, servait les clients.

Le père Deborger commandait un bordeaux rouge, Dagot un vieux bourgogne. Constant, le typographe, exposait les raisons pour lesquelles il avait lâché sa maîtresse, à Benoît, un armurier :

— Une salope ! répétait-il, ponctuant ces mots de coups de poing sur le «zinc».

Auprès du poêle s'installaient Volovitch et sa femme, ancienne pupille de l'Assistance. Le mari, grand blessé de guerre, commandait un café nature, sa femme un café rhum ; les jours de paie, ils buvaient tous deux un grog carabiné.

Vers 11 heures, la porte claquait et entrait en chantonnant Gustave, le pâtissier. Il était toujours ivre, prêt à débiter des histoires surchargées comme des rêves.

— Voilà Tatave ! s'écriait Mimar. Il posait ses cartes. — Paie-nous une tournée !

Gustave obéissait. Tout le monde trinquait, puis montait se coucher.

... Le samedi, les manilleurs s'acharnaient. Aux

approches de minuit, Lecouvreur qui bâillait regardait ostensiblement la pendule. Il allait d'une table à l'autre, faisant sur les mises des remarques machinales et se raidissant contre la fatigue. Le désir de se libérer de ses dettes lui donnait du courage. Que de petits verres à verser encore avant d'acquitter le dernier «billet de fonds». Venait enfin le moment d'avertir les clients de l'heure tardive. Certains, endiablés avec leurs cartes et peu pressés de retrouver une chambre froide, se faisaient tirer l'oreille. Il fallait, en les ménageant, les pousser dehors.

La clientèle s'en allait. Un brouillard bleuissait la salle qui semblait avoir été le théâtre d'une rixe; des flaques brillaient sur les tables, les verres poissaient aux doigts. Lecouvreur ouvrait à deux battants la porte du café sur la pureté de la nuit. Il la buvait longuement comme une haleine fraîche, plus plaisante à sa bouche que la fumée des pipes et des alcools. Mais parfois, trop las, le cœur lourd et l'esprit craintif, il n'avait plus qu'un désir : faire les comptes de la journée. C'était une grave et laborieuse opération qu'il recommençait pour mieux se convaincre de l'excellence de ses affaires. Enfin, il inscrivait le chiffre de la recette sur un cahier à tranches rouges dont le contact, chaque fois, lui faisait battre le cœur.

Lecouvreur couchait dans le bureau. Au-dessus de sa tête était posé un tableau électrique avec les fusibles, l'horlogerie du compteur, une lampe-

témoin pour chaque chambre ; à sa gauche, se
trouvait une poire pour ouvrir automatiquement
la porte de l'hôtel.

Les clients rentraient à toute heure. C'était leur
droit. À quel point Lecouvreur pouvait en souf-
frir ! Il s'étendait, fermait les yeux, quand une clameur furieuse le tirait de son assoupissement :

— Nom de Dieu ! Qu'est-ce que vous fabri-
quez ? Ouvrez !

Il saisissait la poire machinalement, quelquefois
une minute s'écoulait avant qu'il la rencontrât. Le
client entrait en annonçant son numéro ; son
ombre s'inscrivait sur la porte vitrée. Au-dessus de
lui, Lecouvreur entendait un pas lourd achopper
sur les marches de l'escalier. Il glissait son bras sous
le traversin.

— Pan, pan !...

Une autre vache de locataire arrivait. Plongé
dans un demi-sommeil, il ne ménageait plus ses
expressions. Il avait cependant conscience de son
devoir.

Le samedi, la rentrée se faisait lentement. Impossible de dormir. Des clients ivres, ne trouvant plus
la sonnerie, frappaient du pied contre la porte avec
des appels pâteux. En chemise, Lecouvreur se
levait et allait ouvrir.

— Tâchez de ne pas vous tromper de chambre,
grognait-il.

LÉON-PAUL FARGUE

Cafés de Montmartre *

Ma vie a été vécue de telle façon que je connais tous les cafés de Montmartre, tous les tabacs, toutes les brasseries. Quarante ans de voyages à pied dans ce pays formé par les frontières du dix-huitième et du neuvième arrondissements m'ont familiarisé avec les établissements de cette sorte de festival permanent qu'est Montmartre, depuis le caboulot sans chaises où, debout, face à face avec le patron, l'on ne peut choisir qu'entre trois bou-teilles, jusqu'à la grande machine modern-style, avec inter-urbain, poissons rouges, cireur et fruits de la mer, depuis le café-restaurant de Nine, cher aux ministres radicaux et marseillais de Paris, depuis les bars en couloir d'autobus de la rue de Douai, jusqu'aux tabacs du boulevard de Clichy, dont la clientèle se renouvelle dix et cent fois par jour.

* Extrait de *Le piéton de Paris* (L'Imaginaire n° 301).

Cafés crasseux, cafés pour hommes du Milieu, cafés pour hommes sans sexe, pour dames seules, cafés de tôliers, cafés décorés à la munichoise, esclaves du ciment armé, de l'agence Havas, tous ces Noyaux, ces Pierrots, ces cafés aux noms anglais, ces bistrots de la rue Lepic, ces halls de la place Clichy, donnent asile aux meilleurs clients du monde. Car le meilleur client de café du monde est encore le Français, qui va au café pour aller au café, pour y organiser des matches de boissons, ou pour y entonner, avec des camarades, des hymnes patriotiques.

Le soir, Montmartre ne vit que par ses cafés qui entretiennent dans le quartier toute la lumière de la vie. Rangés le long du fleuve-boulevard comme des embarcations, ils sont à peu près tous spécialisés dans une clientèle déterminée. Café des joueurs de saxophone sans emploi, café des tailleurs arméniens, café des coiffeurs espagnols, café pour femmes nues, danseuses, maîtres d'hôtel, bookmakers, titis, le moindre établissement semble avoir été conçu pour servir à boire à des métiers précis ou à des vagabondages qui ne font pas de doute. Un soir que j'accompagnais chez lui un vieil ami qui avait fortement bu dans divers bars de la rue Blanche, nous fûmes arrêtés par un «guide» qui, nous prenant pour des étrangers, nous proposa un petit stage dans des endroits «parisiens», et il insistait sur le mot. Nous lui fîmes comprendre que nous étions plus parisiens que lui ; puis, sur sa prière, nous le suivîmes dans des cafés où, le service terminé, se réunissent des garçons et des musiciens. Ils sont là dans l'intimité, chez eux, car ils veulent aller au café aussi, comme des clients. On nous servit « ce qu'il y a de meilleur ». Au petit jour, mon compagnon, complètement ivre, me disait, tandis que nous longions des rues toujours éclairées : « Montmartre est une lanterne aux mille facettes. »

Pour ceux qui se couchent à minuit, dédaigneux du cabaret qu'on abandonne aux « vicieux » ou aux étrangers, le chef-d'œuvre de cette illumination, c'est le Wepler qui, pendant des années, est resté surmonté d'un mur de planches couvert d'affiches et semblait vivre sous un tunnel. J'aime cette grande boîte à musique, importante comme un paquebot. Le Wepler de la place Clichy est rempli de merveilles, comme le Concours Lépine. Il y a d'abord à boire et à manger. Et des salles partout, ouvertes, fermées, dissimulées. La voiture amenée, ces salles sont habillées en un rien de temps. Les femmes se distribuent suivant leurs îlots, leurs sympathies, contre le décor et les boiseries 1900. Au milieu, composé de prix du Conservatoire, l'orchestre joue son répertoire sentimental, ses sélections sur *Samson et Dalila*, *la Veuve joyeuse* ou *la Fornarina*, avec de grands solos qui font oublier aux dames du quartier leur ménage et leurs chaussettes.

Cette musique, entrecoupée de courants d'air et de chutes de fourchettes, se déverse en torrents bienfaisants sur la clientèle spéciale qui rêvasse dans les salles : rentiers cossus, vieux garçons sur lesquels la grue tente son prestige, boursiers du second rayon, fonctionnaires coloniaux, groupes d'habitués qui se réunissent pour ne rien dire, solitaires, voyageurs de commerce de bonne maison, quelques journalistes et quelques peintres, qui ont à dîner ou qui ont dîné dans le quartier. Les virtuosités de l'orchestre filent le long des môles, traversées par les chocs des billes de billard. Célèbres, les salles de billard du Wepler sont immenses, composées et distribuées comme les carrés de gazon d'un jardin. Les hommes du Milieu qui hantent le Wepler ont des postes un peu partout dans ce paysage de verreries. Mais ils se réunissent de préférence au billard, à cause du spectacle... Il en est d'une classe et d'une distinction spéciales, qui me font songer à leurs anciens, Dutheil de l'Artigère, Gonzalès, Calvet, types confortables, gras et muets, aux joues mates, aux cheveux bien lustrés, aux paupières lourdes de sens. «Les amants des prostituées sont heureux, dispos et repus»... Baudelaire dixit.

La grande salle de billard du Wepler a quelque chose d'une Bourse. Des consommateurs se serrent la main sans se connaître, mais il y a des années qu'ils viennent là avec leurs dames, comme pour accomplir une besogne précise et nocturne. Ce sont des confrères, comme les coulissiers ou les mandataires. Leur *place* entre dix heures et minuit est place Clichy, et les verres absorbés finissent par devenir d'autres articles de bureau. Aventuriers qui ne quittent jamais Paris, commis aux cravates bien alignées, aux épaulettes américaines, bureaucrates qui citent parfois du latin devant de vieux camarades de collège, professeurs de l'Enseignement Secondaire qu'aucun art n'a tentés, neurasthéniques qui n'ont que cette heure pour oublier la vie, l'absence d'épouse et le manque de charme... Le Wepler est doux à toutes ces âmes; il les abrite, il les couve, il les choie...

Du temps que Jules Lemaître écrivait des préfaces charmantes pour les contes du Chat Noir, Montmartre fut la patrie des cafés dits célèbres, réservés à certains initiés, où se réunissaient des artistes, poètes et peintres, qui échangeaient des idées et contribuaient à entretenir ce qu'on a appelé l'esprit parisien. On travaillait, on rimait, on composait au café. Des albums paraissaient, qui reproduisaient la peinture de premier choix dont s'ornaient les cabarets. Aujourd'hui, cette peinture a pris le chemin des collections particulières, et les mots d'esprit viennent surtout de la Société des Nations... Il reste encore de la peinture chez Graff (chez Farg, comme me dit toujours avec admiration un garçon qui a l'habitude de lire à l'envers...). Mais quelle peinture ! Elle est pourtant à l'image de notre époque, romanpolicière et cinématographique, et les mères des danseuses nues de Tabarin qui hument la choucroute en attendant leurs filles la contemplent avec une satisfaction touchante. Le dernier café littéraire et artistique qui survécut à la révision des valeurs après la guerre fut le Franco-Italien, où Béraud, chaque soir, cueillait des grappes d'approbations dans des groupes de journalistes, qui avaient alors tout juste de quoi s'offrir un plat de spaghetti.

Mais le vrai café de Montmartre a changé. Il est parfois aussi accueillant qu'autrefois, et l'atmosphère qui s'y respire est toujours celle d'une vie de bohème. Mais le décor en a subi de profondes transformations. Le café de Montmartre, avec ses grues-loteries à jumelles et à couteaux suisses, ses dixièmes de billets de la Loterie Nationale, ses caramels, ses brioches, ses petits jeux, son billard russe, ses briquets, tient à la fois du garage et du bazar. On y achète autant qu'on y boit, et Boubouroche ne s'y trouverait plus à l'aise.

J'ai demandé un soir à un vieux joueur de manille, à la fois grand liseur de journaux, d'indicateurs, stratège, politicien et cocu, pourquoi il passait maintenant ses journées dans certains buffets de gares au lieu de choisir, comme faisaient ses ancêtres, un café de tout repos dans un endroit poétique. Cet habitué me répondit que, justement, il n'y avait plus de ces cafés de tout repos, où des ménagères hirsutes et baveuses venaient chercher leurs maris, comme cela se voyait dans les nouvelles de Courteline. D'abord, les dames vont au café aussi, soit qu'elles aient pris goût à l'alcool, soit qu'elles veuillent entendre de la musique, jouer aux courses, ou prendre part à des discussions féministes. Elles ont troublé l'atmosphère purement masculine des cafés d'autrefois. Puis, ce sont les adolescents qui se sont mis à occuper les banquettes pour y discuter sport, ou pour s'y livrer à des assauts de belote. Enfin, ce sont les patrons qui, manquant de tradition, ont innové dans leurs établissements des boissons modernes, américaines, mélangées, dont la saveur ou les noms ont vivement heurté le traditionalisme des vieux clients.

Le Montmartrois moderne, qui a eu tant d'illustrateurs, n'a pas encore trouvé son vrai peintre. Je pense à Chas Laborde, à Dignimont, à Utrillo. Tous en sont encore restés à l'après-guerre immédiate. À ce moment, le café semblait encore réservé, du moins à Montmartre, à une élite de la population artistique et boulevardière. Aujourd'hui, ce sont les représentants de toutes les fractions du peuple français qui ont pris possession du zinc, du velours ou du cuir, à commencer par les

propriétaires des petites Renault, achetées d'oc-
casion, qui en ont eu assez un beau jour d'être
comme tenus à l'écart des réjouissances. Un vrai
café montmartrois, je n'en nommerai aucun, vit
en 1938 sous le double « signe » du grouillement
et du banal. On y voit une famille de charcutiers
fort bien mis et dont les fils sont bacheliers, un
garagiste en compagnie de sa maîtresse, serpentée
de renard argenté, un légionnaire en permission,
un chansonnier politique en herbe, des cham-
pions de vélo, des envoyés spéciaux de grands
journaux qui vivotent dans le quartier entre deux
enquêtes, quelques juifs sarrois, un agrégé, un
pion, un clown, un boxeur, une lingère, un futur
auteur dramatique, et quelques poules de théâtre
usées et qui s'assomment à ressembler à des bour-
geoises. Qui se lèvera pour détailler une chanson
triste, ou quelques couplets qui feront de leur
auteur, plus tard, un académicien distingué ? Personne. Celui qui se lèverait ne serait pas pris au
sérieux.

Plus loin, le vrai quartier des artistes, avec ses
cafés pittoresques, bourrés de Petite Histoire, ce
bloc formé par les rues Saint-Vincent, Saint-Rus-
tique ou des Saules, l'ancien village, la rue Lamarck
et les Moulins, a été « modernisé » à son tour par
la percée de l'avenue Junot. Daragnès, un des
princes de cette nouvelle voie, sent très bien que
les brasseries montmartroises ont fait leur temps,

qu'une autre guerre a passé par là, celle du ciment,
du jazz, du haut-parleur, et quand il va au café,
c'est à l'autre bout de Paris, sur la rive Gauche éternelle, chez Lipp ou aux Deux Magots, qu'il va
chercher des vitamines.

Les cafés de Montmartre sont morts. Ils ont été
remplacés par des débits, des bars ou des grills. Je
connais pourtant un petit bistrot, un Bois et
Charbons, où le bonheur et le pittoresque se
conçoivent encore. Les propriétaires du fonds,
Auvergnats de père en fils, ont connu des gens
célèbres, jadis, et conservent à l'égard du client
une bonhomie qui n'est plus admise ailleurs, chez
les émancipés de la ville moderne. Des jambons
de province y pendent qui ne sont pas des jambons d'hostellerie. Quelques prostituées s'y réfu-
gient, après avoir abandonné sur le seuil de la
porte leurs préoccupations professionnelles. On y
reçoit encore des rapins à gibus, qui croient à la
gratuité de l'art et à la misère des peintres ; des
affranchis dont la bassesse est maniérée comme
celle des gaillards de Steinlen ou de Charles-Louis
Philippe. Enfin, détail exquis, le patron avait préparé, vers 1925, une pancarte qu'il n'ose plus
exhiber, une pancarte qui dit bien que la douceur
de vivre s'est évaporée comme une rosée, un
charmant avis, qu'il se proposait de placer dans sa
devanture, entre un pot de géraniums et un jeu
de dames, un texte que, seule, la dignité mont-

martroise autorisait : « Le patron joue aux cartes... »

Aujourd'hui, il est bien obligé d'attendre le règlement des conflits avant de se risquer à provoquer des passants moroses, anxieux et avares...

GÉRARD DE NERVAL

Le Café des Aveugles*

« Mais, reprit-il, si nous ne craignons pas les *tire-laines*, nous pouvons encore jouir des agréments de la soirée ; ensuite nous reviendrons souper, soit à la *Pâtisserie* du boulevard Montmartre, soit à la *Boulangerie*, que d'autres appellent la *Boulange*, rue Richelieu. Ces établissements ont la permission de 2 heures. Mais on n'y soupe guère *à fond*. Ce sont des pâtés, des *sandwich*, — une volaille peut-être, ou quelques assiettes assorties de gâteaux, que l'on arrose invariablement de madère. — Souper de figurante, ou de pensionnaire... lyrique. Allons plutôt chez le rôtisseur de la rue Saint-Honoré. »

Il n'était pas encore tard en effet. Notre désœuvrement nous faisait paraître les heures longues... En passant au perron pour traverser le Palais-

* Extrait de *Les Nuits d'octobre*, dans le recueil *Aurélia. Les Nuits d'Octobre. Pandora. Promenades et souvenirs* (Folio n° 4243).

National, un grand bruit de tambour nous avertit que le Sauvage continuait ses exercices au café des Aveugles.

L'orchestre *homérique*[1] exécutait avec zèle les accompagnements. La foule était composée d'un parterre inouï, garnissant les tables, et qui, comme aux Funambules, vient fidèlement jouir tous les soirs du même spectacle et du même acteur. Les dilettantes trouvaient que M. Blondelet (le Sauvage) semblait fatigué, et n'avait pas dans son jeu toutes les nuances de la veille. Je ne pus apprécier cette critique ; mais je l'ai trouvé fort beau. Je crains seulement que ce ne soit aussi un aveugle, et qu'il n'ait des yeux d'émail.

Pourquoi des aveugles, direz-vous, dans ce seul café, qui est un caveau ? C'est que vers la fondation, qui remonte à l'époque révolutionnaire, il se passait là des choses qui eussent révolté la pudeur d'un orchestre.

Aujourd'hui, tout est calme et décent. Et même la galerie sombre du caveau est placée sous l'œil vigilant d'un sergent de ville.

Le spectacle éternel de l'*Homme à la poupée* nous fit fuir, parce que nous le connaissions déjà. Du reste, cet homme imite parfaitement le français-belge.

---

1. ‘Ο μὴ ὁρῶν, « aveugle ».

Et maintenant, plongeons-nous plus profondément encore dans les cercles inextricables de l'enfer parisien. Mon ami m'a promis de me faire passer la nuit *à Pantin*.

RAYMOND QUENEAU

Les fleurs bleues*

Cidrolin regarde à droite, à gauche dans tous les cafés comme s'il cherchait quelqu'un ou simplement une place, une table à sa convenance. Il traîne un peu et finit par entrer au bar Biture, un bar qui se donne l'air de ressembler à tous les autres. Cidrolin s'assied. Comme clients, il n'y a que deux types debout qui parlent du tiercé. Derrière le comptoir, le patron, inactif, écoute les commentaires sur les pronostics; il porte une casquette carrée semi-ronde ovale en drap orné de pois blancs. Le fond est noir. Les pois sont de forme elliptique; le grand axe de chacun d'eux a six millimètres de long et le petit axe quatre, soit une superficie légèrement inférieure à dix-neuf millimètres carrés. La visière est faite d'une étoffe analogue, mais les pois sont plus petits et de forme ovale. Leur superficie ne dépasse pas dix-huit mil-

* Extrait de Les fleurs bleues (Folio n° 1000).

limètres carrés. Il y a une tache sur le troisième pois
à partir de la gauche, en comptant face au porteur
de la casquette et au plus près du bord. C'est une
tache d'essence de fenouil. Elle est infime, mais,
malgré son étendue réduite, elle conserve la couleur propre à la substance originelle, une couleur
un peu pisseuse, intermédiaire entre l'infrarouge et
l'ultraviolet. En examinant avec soin le pois voisin, toujours en continuant à compter à partir de
la gauche face au porteur de la casquette et en
longeant au plus près du bord, on distingue une
souillure minuscule ayant également pour origine
la projection d'une goutte d'essence de fenouil,
mais ses dimensions sont telles qu'on pourrait
croire que c'est simplement un fil du drap noir
environnant qui se serait égaré là et y aurait pris
une teinte jaunâtre sous l'effet de la lumière au
néon qui tombe d'un tube tubulaire tant bien que
mal ; en effet, il y a des à-coups dans le fonctionne-
ment de l'appareil et, parfois, on pourrait songer
qu'il émet des signaux en cet alphabet inventé par
ce peintre américain fameux qui naquit à Charles-
town (Mass.) en 1791 et mourut à Poughkeepsie
en 1872. Par une singulière coïncidence est accrochée juste au-dessus de la tête de Cidrolin une
reproduction de l'Hercule mourant de Samuel-
Finlay-Breese Morse, qui avait obtenu en 1813 la
médaille d'or de la Société des Arts Adelphi.

Comme elle est accrochée juste au-dessus de sa

tête, Cidrolin ne peut voir directement cette reproduction qui se reflète d'ailleurs dans le vaste miroir qui couvre tout le mur opposé, mais Cidrolin ne peut la voir non plus indirectement, car l'un des deux consommateurs est de très haute taille et cache entièrement l'image de l'Hercule mourant de Samuel-Finlay-Breese Morse. L'autre consommateur, sensiblement moins grand que son interlocuteur puisqu'il ne mesure pas plus d'un mètre quarante-trois centimètres, porte de temps à autre ses yeux sur cette gravure dont il a une vue directe, car il s'appuie contre le comptoir et tourne presque entièrement le dos au patron, qui, brusquement, semble s'apercevoir de la présence d'un nouveau client, et de loin, sans se déplacer, sans même faire un geste et encore moins enlever sa casquette, demande à Cidrolin ce qu'il a envie de consommer.

Cette question ne déconcerte point Cidrolin qui la prévoyait depuis quelques instants et se préparait à y répondre ; aussi sa réponse ne se fait-elle pas attendre. Elle consiste en une suite de mots formant une phrase grammaticalement bien formée et dont le sens ne peut laisser aucun doute, même dans l'esprit d'un patron de bistro aussi lourd que celui qui tient le bar Biture. Le patron du bistro écoute encore un instant les considérations des deux consommateurs concernant le tiercé, puis il apporte à Cidrolin la boisson deman-

dée, qui est l'essence de fenouil un peu tiède
avec une goutte d'eau plate. Cidrolin fabrique
un sourire manifeste pour démontrer sa gratitude
indescriptible, immense et perpétuelle devant tant
de gentillesse et tant d'exactitude, et, toujours
grave, l'homme à la casquette de drap noir semé
de pois blancs se retire majestueusement derrière
son comptoir.

Il se passe ensuite quelques minutes durant
lesquelles les deux consommateurs essaient de
résoudre les mystérieux problèmes que pose le
tiercé du dimanche suivant, l'un des consommateurs est de très haute taille, l'autre est tourné de
trois quarts, appuyant son dos contre le zinc, ce qui
lui permet de jeter, de temps à autre, un coup
d'œil sur la reproduction de l'œuvre de Samuel-
Finlay-Breese Morse. Il regarde aussi de temps à
autre l'homme qui est assis là et qui semble dégus-
ter son essence de fenouil. Il ne doit pas lui trouver un intérêt quelconque, car son regard ne
s'attarde jamais plus de trois à quatre secondes
sur ce personnage sans signes distinctifs. Il semble
préférer nettement l'Hercule mourant de Samuel-
Finlay-Breese Morse. Comme son interlocuteur
déclare avoir épuisé toutes les combinaisons rai-
sonnables à envisager, il pivote légèrement, sort de
la monnaie de sa poche et paie les deux verres assé-
chés qui traînent encore sur le comptoir. Il serre
ensuite la main du patron et sort suivi de son com-

pagnon, l'homme à la très haute taille. La porte se referme derrière eux.

L'homme à la casquette nettoie les verres. Il n'adresse pas la parole à Cidrolin.

Cidrolin ne lui adresse pas la parole.

C'est alors qu'entre Albert.

« *D'autres viennent simplement
pour s'ingurgiter les contenus variés
de nombreux verres* »

ANTOINE BLONDIN

*Un singe en hiver**

Pourquoi, sous un certain climat, en viens-je à
me persuader qu'une légère ivresse améliore la
qualité des rapports humains ? Je ne devrais plus
ignorer qu'il n'existe pas d'ivresse légère : on a vite
fait de sombrer en chantant, chacun de son côté,
entraîné par le poids de ses peines pendu autour
du cou. Ce climat, j'ai différé le plus possible
l'instant de le rencontrer, mais j'avais reconnu qu'il
régnait dans un bistrot, face au marché, où il
aimantait les allées et venues des hommes. Aucune
ville ne dort entièrement ; même celle-ci, avec ses
boutiques désertées, ses terrasses agitées de rafales
où des menus touristiques continuent d'émettre
dans le vide des chèques sans provision jusqu'à la
saison prochaine, gardait encore un œil ouvert.
Pour mon malheur, je savais lequel. Progressive-
ment, ma promenade s'est rétrécie. Ai-je le droit

* Extrait de *Un singe en hiver* (Folio n° 359).

de dire que c'est sans préméditation que je suis entré chez Esnault à la tombée de la nuit? Ceux qui y pénétraient avaient l'air de se rendre au sabbat, d'adhérer à une conjuration de longue date. Peut-être avais-je cet air-là, sans m'en douter. Je me suis mis au bout du comptoir, contre la glace. Une fille molle a poussé une bouteille humide dans ma direction et j'ai trinqué avec mon reflet qui levait son verre quand je levais le mien. Il s'est obstiné longtemps, mais j'ai eu le dernier mot puisque, à la fin, je me rappelle que j'ai cessé de le voir. Cela m'étonnerait qu'il soit allé boire ailleurs que dans cette glace où il me fixait à la hauteur des yeux. Nous avions commencé doucement par de la bière... Dans la salle, où les odeurs franches de la ferme, douceâtres de la laiterie, s'ajoutaient à l'encens des apéritifs, l'âme débridée du samedi bourdonnait. Les conversations étaient à la chasse, ouverte depuis quelque temps, et au F.T.T., les fameux Francs-Tireurs Tigervillois dont l'équipe de football, à ossature polonaise, défrayait la chronique au blanc d'Espagne sur les vitres des cafés et des magasins d'articles de radio. À propos d'Espagne, il me semble que j'ai parlé de courses de taureaux, cette nuit, mais je serais bien incapable de répéter ce que j'ai pu raconter... Parmi les consommateurs, il y avait peu de jeunes gens, on était entre adultes et les enfantillages allaient bon train ; pas de femmes également, à l'exception d'une petite vieille qu'on voit pousser des coquillages dans une voiture d'enfant. Un peu à l'écart, elle sirotait sans sourciller son second litre de cidre et éveillait des moqueries familières. J'ai compris qu'elle était célèbre pour ses démêlés avec les Allemands au temps du couvre-feu.

— Eh! Joséphine, qu'est-ce que tu leur as répondu à la Kommandantur, quand ils t'ont dit que Hitler ne voulait pas que tu rentres si tard le soir?

— Je leur ai répondu : « Ce Hitler, je ne couche pas avec lui ; son nom n'est pas du pays ; je vois pas qui c'est... L'est-il seulement venu à Tigreville? »

On riait en me regardant sous cape, guettant l'effet. J'ai commencé à capter de tous les côtés des ondes dirigées vers moi. Seul, le patron n'émettait rien en apparence ; il avait à peine répondu à mon bonjour, ignorant sans doute qu'on me salue par mon prénom dans de nombreux bars de la capitale, et non des moindres ; j'aurais voulu le lui faire savoir. Esnault est un personnage noiraud, le visage barré par une moustache autoritaire, d'aspect plus auvergnat que normand. Où ai-je entendu rapporter qu'il avait eu des histoires, autrefois, pour avoir ouvert sa braguette à l'arrivée d'un autocar qui transportait des élèves du cours Dillon ? Peut-être chez Nicaise, au bureau de tabac.

Au second verre, de vermouth cette fois, j'ai

senti renaître le vieux désir de lier connaissance avec les autres, ce sentiment d'avoir beaucoup de choses à leur communiquer, et l'illusion qu'on pourrait s'arranger pour vivre si l'on était assuré d'une marge où l'existence s'échauffe et brille dans ses plus modestes manifestations. On prétend que ces alchimistes se réunissent pour se soûler. La vérité est que l'état d'ivresse ne fait pas l'objet de leurs cérémonies extrêmement subtiles : il en est la conséquence et la rançon.

Dehors, je voyais surgir de rares couples entre les flaques de lumière et les flaques de pluie. En passant devant le café, ils esquissaient le geste boudeur des criminels qu'on embarque dans le fourgon et dissimulaient leurs visages surpris derrière leurs avant-bras, leurs sacs à main, avant de disparaître. Le carrefour redevenait un bocal ombreux où des poissons jumelés tournaient en rond, cherchant l'abri sous la végétation du parc, loin du corail des lampadaires. Je n'enviais pas ces amoureux que l'heure du dîner sépare ; ils n'ont pour se rejoindre que cette mince plage d'obscurité que la marée éclatante de l'été submerge ; les jours en rallongeant abrègent leurs amours : ce sont de frileux plaisirs d'hiver. Déjà, la fille molle dressait deux couverts dans un coin. Il montait de la cuisine un fumet offensant de ragoût, exquis chez les autres. Un réflexe panique m'a incité à demander d'urgence un nouveau verre, en appel de l'arrêt d'ex-

pulsion que je sentais poindre. C'est sans doute là
que j'ai pris un virage trop brusque... Une décision unanime a opéré soudain un grand brassage
parmi les clients comme si une main s'était abat-
tue sur un jeu de cartes pour les brouiller, séparant
une paire complice, défaisant un brelan d'amitiés,
éparpillant un carré d'anciens combattants, révé-
lant pêle-mêle le dos de ceux qu'on avait vus de
face, la face de ceux qu'on avait vus de dos. Puis
ils se sont récapitulés en bon ordre du côté de la
porte, où les dernières politesses les ont encore
entrecoupés en plusieurs paquets pour plus de
sûreté, et ils ont quitté le café sans faire mine de
se connaître jusqu'à la partie suivante. Je suis resté
seul sur le tapis, ainsi qu'une carte oubliée, la carte
blanche qui ne sert jamais ou le joker, le bouffon
qui singe les lois. Les Esnault mangeaient à voix
basse, le front de la grosse fille contre celui de son
maître. J'étais certain qu'il s'agissait de moi. J'ai
déplié un journal essayant de m'accrocher aux
mots croisés avec honnêteté. Un autre serait parti ;
moi, je ne pouvais plus reculer devant le moment,
proche maintenant, où j'allais leur parler. Quand
ils se sont levés de table, ils ont accepté de boire
ce que je leur proposais : un calvados pour Esnault,
une cerise à l'eau-de-vie pour la fille. J'ai pris aussi
un calva pour les épater, du moins la grosse
Simone, afin qu'ils se mettent bien dans la tête que
je n'étais pas une brebis fourvoyée, mais le prince

d'une bamboche capricieuse, mieux qu'un interlocuteur valable, selon l'expression favorite du
journal que j'avais abandonné sur le comptoir.

— C'est Quentin qui doit en faire une bouille
de ne pas vous voir rentrer dîner ! ricana Esnault.

Sur-le-champ, la perfidie débonnaire du ton ne
me suggéra rien ; je ne retins que la satisfaction de
me savoir situé dans l'univers de Tigreville. Aussi
ne protestai-je pas et Esnault en profita pour ajouter :

— Il finit par nous casser les pieds avec sa mora-
lité, non ? Quand on a fait les blagues qu'il a faites,
on ne s'occupe pas à juger les autres. Remarquez,
moi non plus, je ne juge pas, c'était un fier compagnon dans le temps, un peu distant peut-être, si
l'on sait qu'il a acheté son hôtel avec l'argent de sa
femme, la fille d'une des plus grosses fermes du pla-
teau : lui n'était pas d'ici... Pourtant, on a bien
rigolé ensemble ! Mais depuis que c'est fini, on
dirait qu'il n'y a plus que le mauvais qui ressorte.

— Qu'appelez-vous le mauvais ? ai-je demandé.

— Je ne sais pas, moi : les murailles dont il s'en-
toure, sa fierté. C'est comme cette idée de partir
faire son service en Chine, au lieu de rejoindre
ses conscrits à Cherbourg, ça lui ressemble !... Sa
muraille de Chine, si vous préférez, c'est ça que
j'appelle le mauvais. Du mauvais pour lui également : on ignore ce qui se passe, là derrière... Personne n'a jamais compris pourquoi il s'était arrêté

si soudainement. Il y en a qui prétendent que c'est à cause de Suzanne, comme quoi le plus fort est obligé de s'incliner. Mais soyons équitables : c'est peut-être aussi qu'il a ressenti les malaises ; il aurait comme une cirrhose ou un cancer du foie que je serais le premier à tirer mon chapeau. Mais alors qu'il l'avoue, bon Dieu !... À votre santé ! Simone tu nous remettras ça sur le compte de la maison.

La machine était lancée. Le café s'est encore une fois rempli de gens, puis s'est vidé à nouveau. Aux sonneries minables, j'ai deviné que l'entracte du cinéma avait pris fin. Je ne pense jamais à me rendre à ces séances, deux programmes différents par semaine ; cela ne ferait pas de mal à mon travail, dirait maman. Chez Esnault, ça n'était pas fini, ça devenait même permanent. Quatre ou cinq fidèles s'étaient attardés, qui relançaient les tournées avec une verve communicative. Esnault a posé un volet sur la porte et m'a présenté avec dérision comme le monsieur du Stella.

— Vous ne devez pas vous emmerder chez Quentin. Un vrai bonnet de nuit ! On sert quand même du vin à table, oui ?... Le bougre, il est bien passé de l'autre côté.

— Tout le monde dit que vous êtes peintre et que vous allez nous pondre un sacré tableau. Vous devriez dessiner Quentin comme un coucher de soleil.

Pourquoi me demande-t-on toujours si je suis

peintre ? Leur attitude envers M. Quentin, à qui j'en voulais par ailleurs de me placer dans cette situation infamante, m'a brusquement échauffé les oreilles. Je leur ai cherché querelle à propos du temps qu'il fait ici. C'est un chapitre sur lequel les indigènes sont vétilleux ; beaucoup se persuadent que s'il pleuvait moins, Tigreville deviendrait une sorte de Saint-Tropez, simplette et snob, et ils s'évertuent à nier la pluie. Ils oublient que cette plage est une vieille fille du Second Empire, morte sur le rivage dans l'attente d'un prétendant. Nous avons failli nous battre. Au dernier moment, la bagarre s'est changée en une épreuve de force au « bras de fer », qu'on appelle également « bras d'honneur », d'où cette douleur que je ressens à l'épaule et qui me rassure parce qu'elle est honorable justement. On peut souhaiter d'autre coude à coude avec son prochain, mais cet exercice-là qui mobilise en un seul point de son corps un être tout entier, ses muscles, ses nerfs, son attention, vous nettoie de fond en comble et abolit le reste...

... L'abolit si bien que je ne sais pas comment je me suis retrouvé dans mon lit. Autrefois, déjà, un cheminement miraculeux finissait toujours par me conduire jusque chez Claire. Je lui faisais valoir cet instinct essentiel qui ramenait à son chevet la bête fourbue. Claire avait cessé d'apprécier cette fidélité obtuse et me révélait le lendemain combien je m'étais montré odieux, ou grotesque, ou pitoyable. C'était la raison de notre désaccord.

— Le seul obstacle entre nous, disait-elle, c'est la boisson.

— Je boirai l'obstacle, répondais-je.

— Tu me fais peur, disait-elle encore. Je n'ai pas peur de ce que tu peux me faire, mais de ce que tu deviens par moments, de ce démon nouveau qui surgit à côté de moi, à côté de toi peut-être, imprévisible. J'attends un homme, j'en vois apparaître un autre. Dieu sait que tu peux être charmant, et c'est là le plus terrible. Pourquoi bois-tu ? Es-tu malheureux ? Il vaudrait mieux regarder les choses en face avant qu'il soit trop tard. J'ai besoin de m'appuyer sur quelqu'un de solide.

En fait, elle ne cessait de dominer la partie, non seulement par la droiture de son caractère, mais par la somme de repentir, vertu peu offensive, qu'elle exigeait de moi. À la longue, j'en venais à observer Claire comme on consulte le ciel, avec la même anxiété et le même espoir, sachant qu'elle pouvait décider de la couleur du jour et la modifier d'une minute à l'autre, selon le vent. Je menais une existence conditionnelle sous la menace du couperet. À la moindre présomption d'ivresse, mon amie refusait de me recevoir, me précipitant vers des provinces nocturnes où je m'ancrais dans le sentiment de faire planète à part. En m'interdisant de l'accompagner en Espagne, où nous allions

chaque année, peut-être n'a-t-elle voulu que me
donner une leçon ; en y partant seule, elle a prouvé
qu'elle pouvait me désolidariser de son propre
bonheur et que la terre ne s'arrêterait pas de tourner parce que je ne la partageais plus avec elle.
Cette fois, nous ne sommes plus deux amants qui
reprennent souffle et s'éprouvent, nous sommes
deux amants qui se séparent. Le couperet est bien
tombé.

Désormais, je n'effraie plus personne, sauf,
sans doute, celui qui m'a ramassé, cette nuit, dans
le ruisseau. Mais je n'aurais que trop tendance à
ajouter au sordide de cette mésaventure ; je dor-
mais plutôt sous un arbre trempé, quand on m'a
saisi pour me remettre sur le chemin de l'hôtel.
Je revois un homme penché ; je sens encore
une poigne narquoise qui me précipite sur les
embûches pour mieux me les faire éviter ; à qui
appartenait-elle : à un passant de hasard ? à quelqu'un de chez Esnault désireux de me lancer
comme un brûlot enflammé par l'alcool contre la
forteresse vertueuse du Stella ? à M. Quentin lui-
même, venu au-devant de moi ?... Ce genre d'absence me replonge dans une angoisse coutumière.
À Paris, depuis que Claire m'a quitté, il arrive que
trois ou même six heures de mon emploi du temps
se dérobent à moi. À la place, s'ouvre un grand
trou noir où passent avec des éclairs furtifs de
truites au vivier des réminiscences insaisissables qui

ne me permettent pas de distinguer le cauchemar de la réalité. Longtemps après, je retrouve dans ma poche des morceaux de papier où des inconnus ont inscrit leurs numéros de téléphone, des rendez-vous, des maximes hoquetantes, mais les visages composés par la nuit ne franchissent pas l'épreuve du jour et, si je les rencontre par la suite, je ne les reconnais pas.

JACQUES PRÉVERT

La grasse matinée*

Il est terrible
le petit bruit de l'œuf dur cassé sur un comptoir
    d'étain
il est terrible ce bruit
quand il remue dans la mémoire de l'homme qui
    a faim
elle est terrible aussi la tête de l'homme
la tête de l'homme qui a faim
quand il se regarde à six heures du matin
dans la glace du grand magasin
une tête couleur de poussière
ce n'est pas sa tête pourtant qu'il regarde
dans la vitrine de chez Potin
il s'en fout de sa tête l'homme
il n'y pense pas
il songe
il imagine une autre tête

* Extrait de *Paroles* (Folio n° 762).

une tête de veau par exemple
avec une sauce de vinaigre
ou une tête de n'importe quoi qui se mange
et il remue doucement la mâchoire
doucement
et il grince des dents doucement
car le monde se paye sa tête
et il ne peut rien contre ce monde
et il compte sur ses doigts un deux trois
un deux trois
cela fait trois jours qu'il n'a pas mangé
et il a beau se répéter depuis trois jours
Ça ne peut pas durer
ça dure
trois jours
trois nuits
sans manger
et derrière ces vitres
ces pâtés ces bouteilles ces conserves
poissons morts protégés par les boîtes
boîtes protégées par les vitres
vitres protégées par les flics
flics protégés par la crainte
que de barricades pour six malheureuses sardines...
Un peu plus loin le bistro
café-crème et croissants chauds
l'homme titube
et dans l'intérieur de sa tête
un brouillard de mots

un brouillard de mots
sardines à manger
œuf dur café-crème
café arrosé rhum
café-crème
café-crème
café-crime arrosé sang!...
Un homme très estimé dans son quartier
a été égorgé en plein jour
l'assassin le vagabond lui a volé
deux francs
soit un café arrosé
zéro franc soixante-dix
deux tartines beurrées
et vingt-cinq centimes pour le pourboire du
    garçon.

Il est terrible
le petit bruit de l'œuf dur cassé sur un comptoir
    d'étain
il est terrible ce bruit
quand il remue dans la mémoire de l'homme qui
    a faim.

JEAN ROLIN

Zones *

À la même heure, en revanche, le café-tabac-PMU du centre commercial ne désemplit pas. La clientèle offre le spectacle d'une diversité ethnique véritablement fabuleuse, à l'instar des deux communes dont elle émane, Garges et Sarcelles, où l'on rencontre même en nombre significatif des représentants de peuples ou de religions souvent ignorés du grand public, comme les Assyro-Chaldéens, sans doute les plus vieux chrétiens du monde et les derniers à parler chez eux la langue du Christ. À l'intérieur du café, les gens se regroupent par communautés, les mélanges et les interférences sont rarissimes, mais tous, en dix ou douze langues, communient dans la même ferveur pour le tiercé. Entre les tables circule une vieille Tzigane brandissant l'habituel bout de papier sur lequel est griffonné un message que personne ne lit. Seuls deux

* Extrait de *Zones* (Folio n° 2913).

Africains assez âgés lui donnent quelque chose.
Parmi les clients accoudés au comptoir, un Italien,
ou du moins un type d'origine italienne, se signale
par son agitation. Petit, trapu, la soixantaine
bedonnante, vêtu d'un short et d'une chemise
grande ouverte sur une poitrine velue, il est
accompagné de sa régulière, une Vietnamienne
du même âge que lui, à vue de nez, et vêtue quant
à elle avec extravagance : short sur des bas nylon,
sandalettes en plastique rose, et, sur la cafetière,
qu'elle a toute peinturlurée, une sorte de capeline
également en plastique rose, avec fleurs incorpo-
rées. L'Italien discute (vocifère ?) avec un grand
type mince qui ressemble vaguement à Nehru.

Tous les trois — l'Italien, sa mousmé et
Nehru — sont passablement chargés. «Ça c'est des
hommes ! hurle l'Italien. Ça c'est des hommes !»
Et du coup il en fait péter les derniers boutons de
sa chemise, et repousse Nehru de son ventre nu
tout en lui agitant son index sous le nez : «Ça c'est
des hommes !» À mon avis, le différend entre
l'Italien et Nehru tient surtout à ce que le premier
est encore dans la phase ascendante-héroïque de
sa cuite, tandis que le second, ayant amorcé sa
descente, est déjà dans la phase pleurnicharde.
Acharné à recueillir l'assentiment de l'Italien,
Nehru s'obstine à pousser des «Viva !» d'une
voix lamentable. «Viva ! Viva !» Mais, bien qu'il
soit d'accord sur tout, et même au-delà, l'autre

tient absolument à le traiter en adversaire, et à lui imposer brutalement sa domination alors que Nehru semble tout disposé à l'accepter de son plein gré, pour le pur plaisir de se soumettre. L'heure de la fermeture du café approchant, l'atmosphère s'alourdit : la clientèle se raréfie, et, comme ils sont les derniers à partir, la proportion de poivrots augmente inéluctablement. Soudain l'Italien s'énerve pour de bon contre Nehru parce que celui-ci prétend régler ne serait-ce qu'une partie de leurs consommations. «C'est moi qui paie! Si je t'invite, on peut même vider toutes les bouteilles qui sont là — il désigne l'ensemble des litrons alignés derrière le comptoir — toutes! Et c'est moi qui paie! Et si t'es pas content, Vafanculo! Capito?»

Voyant que ça se gâte, la dame à la capeline, qui n'a pas molli elle non plus sur les spiritueux, tente de s'interposer, et d'expliquer à Nehru les us et coutumes de son compagnon en matière de civilités éthyliques. Et voilà que Nehru, entendant cela, se met à sangloter, au grand dam de deux types également accoudés au comptoir, mais qui jusque-là n'avaient pris aucune part à la conversation. «Faut pas pleurer ici!» prévient l'un des deux quidams sur un ton à la fois compatissant et comminatoire. Nehru ravale ses larmes, l'Italien se calme : ôtant une de ses tongs, il se gratte pensivement le dessous du pied. Puis Nehru est repris par sa passion et se remet à crier «Viva!» «Viva!», et même «Viva Italia!» d'une voix suraiguë qui, c'est indéniable, appelle tôt ou tard le baston. C'est aussi le point de vue d'un client solitaire et somnolent, la quarantaine, aux trois quarts ivre, et doué d'ailleurs d'une vraie tête de brute assortie à ses lunettes Ray-Ban : «Eh, toi, ta gueule, tu vois pas que je dors?» Mais Nehru, tout à son chagrin d'amour, n'ayant pas relevé, Ray-Ban reporte sa mauvaise humeur sur son voisin le plus proche, un Turc ou un Kurde, à qui il passe soudainement la main dans les cheveux, ce qui, on l'aura compris, revient à le traiter de tante. Mal lui en prend. Comme électrisé, le type bondit de son siège, attrape Ray-Ban au colback et le lui tord sauvagement, ce colback, en le regardant dans les yeux avec une expression de haine flamboyante. Ray-Ban se déballonne aussitôt : «Eh, j'faisais ça comme ça, moi, parce que j't'aime bien» (il est manifeste qu'ils ne se connaissent pas). Comme quoi ce qui vous donne l'avantage, dans la guerre, c'est décidément la promptitude de décision et d'exécution : car Ray-Ban est beaucoup plus gros, beaucoup plus costaud, que le Turc — le Kurde — et, si ce dernier n'avait pas réagi avec une telle vivacité, il se serait peut-être fait casser la gueule, au bout du compte.

Après la fermeture du bistrot, c'est comme s'il n'y avait plus rien, même pas un banc où poser ses fesses, à Garges-lès-Gonesse.

ARTHUR RIMBAUD

Au Cabaret-Vert*

AU CABARET-VERT,

cinq heures du soir

Depuis huit jours, j'avais déchiré mes bottines
Aux cailloux des chemins. J'entrais à Charleroi,
— AU CABARET-VERT : je demandai des tartines
De beurre et du jambon qui fût à moitié froid.

Bienheureux, j'allongeai les jambes sous la table
Verte : je contemplai les sujets très naïfs
De la tapisserie. — Et ce fut adorable,
Quand la fille aux tétons énormes, aux yeux vifs,

* Extrait de *Les Cahiers de Douai*, dans le recueil *Poésies*.
Illuminations. Une saison en enfer (Folio n° 3248).

— Celle-là, ce n'est pas un baiser qui l'épeure ! —
Rieuse, m'apporta des tartines de beurre,
Du jambon tiède, dans un plat colorié,

Du jambon rose et blanc parfumé d'une gousse
D'ail, — et m'emplit la chope immense, avec sa
    mousse
Que dorait un rayon de soleil arriéré.

Octobre [18]70.

PAUL VERLAINE

L'Auberge*

À Jean Moréas.

Murs blancs, toit rouge, c'est l'Auberge fraîche au
    bord
Du grand chemin poudreux où le pied brûle et
    saigne,
L'Auberge gaie avec le *Bonheur* pour enseigne.
Vin bleu, pain tendre, et pas besoin de passe-port.

Ici l'on fume, ici l'on chante, ici l'on dort.
L'hôte est un vieux soldat, et l'hôtesse, qui peigne
Et lave dix marmots roses et pleins de teigne,
Parle d'amour, de joie et d'aise, et n'a pas tort!

La salle au noir plafond de poutres, aux images
Violentes, *Maleck Adel* et les *Rois Mages*,
Vous accueille d'un bon parfum de soupe aux
    choux.

  * Extrait de *Jadis et naguère* dans le recueil *La bonne chan-*
son. *Jadis et naguère. Parallèlement* (Poésie-Gallimard n° 132).

Entendez-vous ? C'est la marmite qu'accompagne
L'horloge du tic-tac allègre de son pouls.
Et la fenêtre s'ouvre au loin sur la campagne.

ÉMILE ZOLA

La Curée*

Elle se tut, regarda encore le boulevard, et ajouta après un silence, d'un air désolé :

« Le pis est que j'ai une faim atroce.

— Comment tu as faim ! s'écria le jeune homme. C'est bien simple, nous allons souper ensemble... Veux-tu ? »

Il dit cela tranquillement ; mais elle refusa d'abord, assura que Céleste lui avait préparé une collation à l'hôtel. Cependant, ne voulant pas aller au café Anglais, il avait fait arrêter la voiture au coin de la rue Le Peletier, devant le restaurant du café Riche, il était même descendu, et comme sa belle-mère hésitait encore :

« Après ça, dit-il, si tu as peur que je te compromette, dis-le... Je vais monter à côté du cocher et te reconduire à ton mari. »

Elle sourit, elle descendit du fiacre avec des

* Extrait de *La Curée* (Folio n° 3302).

mines d'oiseau qui craint de se mouiller les pattes. Elle était radieuse. Ce trottoir qu'elle sentait sous ses pieds lui chauffait les talons, lui donnait, à fleur de peau, un délicieux frisson de peur et de caprice contenté. Depuis que le fiacre roulait, elle avait une envie folle d'y sauter. Elle le traversa à petits pas, furtivement, comme si elle eût goûté un plaisir plus vif à redouter d'y être vue. Son escapade tournait décidément à l'aventure. Certes, elle ne regrettait pas d'avoir refusé l'invitation brutale de M. de Saffré. Mais elle serait rentrée horriblement maussade, si Maxime n'avait eu l'idée de lui faire goûter au fruit défendu. Celui-ci monta l'escalier vivement, comme s'il était chez lui. Elle le suivit en soufflant un peu. De légers fumets de marée et de gibier traînaient, et le tapis, que des baguettes de cuivre tendaient sur les marches, avait une odeur de poussière qui redoublait son émotion.

Comme ils arrivaient à l'entresol, ils rencontrèrent un garçon, à l'air digne, qui se rangea contre le mur pour les laisser passer.

«Charles, lui dit Maxime, vous nous servirez, n'est-ce pas?... Donnez-nous le salon blanc.»

Charles s'inclina, remonta quelques marches, ouvrit la porte d'un cabinet. Le gaz était baissé, il sembla à Renée qu'elle pénétrait dans le demi-jour d'un lieu suspect et charmant.

Un roulement continu entrait par la fenêtre grande ouverte, et sur le plafond, dans les reflets du café d'en bas, passaient les ombres rapides des promeneurs. Mais, d'un coup de pouce, le garçon haussa le gaz. Les ombres du plafond disparurent, le cabinet s'emplit d'une lumière crue qui tomba en plein sur la tête de la jeune femme. Elle avait déjà rejeté son capuchon en arrière. Les petits frisons s'étaient un peu ébouriffés dans le fiacre, mais le ruban bleu n'avait pas bougé. Elle se mit à marcher, gênée par la façon dont Charles la regardait ; il avait un clignement d'yeux, un pincement de paupières, pour mieux la voir, qui signifiait clairement : «En voilà une que je ne connais pas encore.»

«Que servirai-je à monsieur?» demanda-t-il à voix haute.

Maxime se tourna vers Renée.

«Le souper de M. de Saffré, n'est-ce pas? dit-il, des huîtres, un perdreau...»

Et, voyant le jeune homme sourire, Charles l'imita, discrètement, en murmurant :

«Alors, le souper de mercredi, si vous voulez?

— Le souper de mercredi...», répétait Maxime.

Puis, se rappelant :

«Oui, ça m'est égal, donnez-nous le souper de mercredi.»

Quand le garçon fut sorti, Renée prit son binocle et fit curieusement le tour du petit salon. C'était une pièce carrée, blanche et or, meublée avec des coquetteries de boudoir. Outre la table et les chaises, il y avait un meuble bas, une sorte de console, où l'on desservait, et un large divan, un véritable lit, qui se trouvait placé entre la cheminée et la fenêtre. Une pendule et deux flambeaux Louis XVI garnissaient la cheminée de marbre blanc. Mais la curiosité du cabinet était la glace, une belle glace trapue que les diamants de ces dames avaient criblée de noms, de dates, de vers estropiés, de pensées prodigieuses et d'aveux étonnants. Renée crut apercevoir une saleté et n'eut pas le courage de satisfaire sa curiosité. Elle regarda le divan, éprouva un nouvel embarras, se mit, afin d'avoir une contenance, à regarder le plafond et le lustre de cuivre doré, à cinq becs. Mais la gêne qu'elle ressentait était délicieuse. Pendant qu'elle levait le front, comme pour étudier la corniche, grave et le binocle à la main, elle jouissait profondément de ce mobilier équivoque, qu'elle sentait autour d'elle ; de cette glace claire et cynique, dont la pureté, à peine ridée par ces pattes de mouche ordurières, avait servi à rajuster tant de faux chignons ; de ce divan qui la choquait par sa largeur ; de la table, du tapis lui-même, où elle retrouvait l'odeur de l'escalier, une vague odeur de poussière pénétrante et comme religieuse.

Puis, lorsqu'il lui fallut baisser enfin les yeux :

« Qu'est-ce donc que ce souper de mercredi ? demanda-t-elle à Maxime.

— Rien, répondit-il, un pari qu'un de mes amis a perdu. »

Dans tout autre lieu, il lui aurait dit sans hésiter qu'il avait soupé le mercredi avec une dame, rencontrée sur le boulevard. Mais, depuis qu'il était entré dans le cabinet, il la traitait instinctivement en femme à laquelle il faut plaire et dont on doit ménager la jalousie. Elle n'insista pas, d'ailleurs ; elle alla s'accouder à la rampe de la fenêtre, où il vint la rejoindre. Derrière eux, Charles entrait et sortait, avec un bruit de vaisselle et d'argenterie.

Il n'était pas encore minuit. En bas, sur le boulevard, Paris grondait, prolongeait la journée ardente, avant de se décider à gagner son lit. Les files d'arbres marquaient, d'une ligne confuse, les blancheurs des trottoirs et le noir vague de la chaussée, où passaient le roulement et les lanternes rapides des voitures. Aux deux bords de cette bande obscure, les kiosques des marchands de journaux, de place en place, s'allumaient, pareils à de grandes lanternes vénitiennes, hautes et bizarrement bariolées, posées régulièrement à terre, pour quelque illumination colossale. Mais, à cette heure, leur éclat assourdi se perdait dans le flamboiement des devantures voisines. Pas un volet n'était mis, les trottoirs s'allongeaient sans une raie d'ombre, sous une pluie de rayons qui les éclairait d'une poussière d'or, de la clarté chaude et éclatante du plein jour. Maxime montra à Renée, en

face d'eux, le café Anglais, dont les fenêtres luisaient. Les branches hautes des arbres les gênaient
un peu, d'ailleurs, pour voir les maisons et le trottoir opposés. Ils se penchèrent, ils regardèrent au-
dessous d'eux. C'était un va-et-vient continu ; des
promeneurs passaient par groupes, des filles, deux
à deux, traînaient leurs jupes, qu'elles relevaient
de temps à autre, d'un mouvement alangui, en
jetant autour d'elles des regards las et souriants.
Sous la fenêtre même, le café Riche avançait ses
tables dans le coup de soleil de ses lustres, dont
l'éclat s'étendait jusqu'au milieu de la chaussée ; et
c'était surtout au centre de cet ardent foyer qu'ils
voyaient les faces blêmes et les rires pâles des passants. Autour des petites tables rondes, des femmes,
mêlées aux hommes, buvaient. Elles étaient en
robes voyantes, les cheveux dans le cou ; elles se
dandinaient sur les chaises, avec des paroles hautes
que le bruit empêchait d'entendre. Renée en
remarqua particulièrement une, seule à une table,
vêtue d'un costume d'un bleu dur, garni d'une
guipure blanche ; elle achevait, à petits coups, un
verre de bière, renversée à demi, les mains sur le
ventre, d'un air d'attente lourde et résignée. Celles
qui marchaient se perdaient lentement au milieu
de la foule, et la jeune femme, qu'elles intéres-
saient, les suivait du regard, allait d'un bout du
boulevard à l'autre, dans les lointains tumultueux
et confus de l'avenue, pleins du grouillement noir

des promeneurs, et où les clartés n'étaient plus que
des étincelles. Et le défilé repassait sans fin, avec
une régularité fatigante, monde étrangement mêlé
et toujours le même, au milieu des couleurs vives,
des trous de ténèbres, dans le tohu-bohu féerique
de ces mille flammes dansantes, sortant comme un
flot des boutiques, colorant les transparents des
croisées et des kiosques, courant sur les façades en
baguettes, en lettres, en dessins de feu, piquant
l'ombre d'étoiles, filant sur la chaussée, continuel-
lement. Le bruit assourdissant qui montait avait
une clameur, un ronflement prolongé, monotone,
comme une note d'orgue accompagnant l'éternelle
procession de petites poupées mécaniques. Renée
crut, un moment, qu'un accident venait d'avoir
lieu. Un flot de personnes se mouvait à gauche, un
peu au-delà du passage de l'Opéra. Mais, ayant pris
son binocle, elle reconnut le bureau des omnibus ;
il y avait beaucoup de monde sur le trottoir,
debout, attendant, se précipitant dès qu'une voiture arrivait. Elle entendit la voix rude du contrô-
leur appeler les numéros, puis les tintements du
compteur lui arrivaient en sonneries cristallines.
Elle s'arrêta aux annonces d'un kiosque, crûment
coloriées comme les images d'Épinal ; il y avait,
sur un carreau, dans un cadre jaune et vert, une
tête de diable ricanant, les cheveux hérissés,
réclame d'un chapelier qu'elle ne comprit pas. De
cinq minutes en cinq minutes, l'omnibus des

Batignolles passait, avec ses lanternes rouges et sa caisse jaune, tournant le coin de la rue Le Peletier, ébranlant la maison de son fracas ; et elle voyait les hommes de l'impériale, des visages fatigués qui se levaient et les regardaient, elle et Maxime, du regard curieux des affamés mettant l'œil à une serrure.

« Ah ! dit-elle, le parc Monceau, à cette heure, dort bien tranquillement. »

Ce fut la seule parole qu'elle prononça. Ils restèrent là près de vingt minutes, silencieux, s'abandonnant à la griserie des bruits et des clartés. Puis, la table mise, ils vinrent s'asseoir, et comme elle paraissait gênée par la présence du garçon, il le congédia.

« Laissez-nous... Je sonnerai pour le dessert. »

Elle avait aux joues de petites rougeurs et ses yeux brillaient ; on eût dit qu'elle venait de courir. Elle rapportait de la fenêtre un peu du vacarme et de l'animation du boulevard. Elle ne voulut pas que son compagnon fermât la croisée.

« Eh ! c'est l'orchestre, dit-elle, comme il se plaignait du bruit. Tu ne trouves pas que c'est une drôle de musique ? Cela va très bien accompagner nos huîtres et notre perdreau. »

Ses trente ans se rajeunissaient dans son escapade. Elle avait des mouvements vifs, une pointe de fièvre, et ce cabinet, ce tête-à-tête avec un jeune homme dans le brouhaha de la rue, la fouet-

taient, lui donnaient un air fille. Ce fut avec décision qu'elle attaqua les huîtres. Maxime n'avait pas
faim, il la regarda dévorer en souriant.

«Diable! murmura-t-il, tu aurais fait une bonne
soupeuse.»

Elle s'arrêta, fâchée de manger si vite.

«Tu trouves que j'ai faim. Que veux-tu?
C'est cette heure de bal idiot qui m'a creusée...
Ah! mon pauvre ami, je te plains de vivre dans ce
monde-là!

— Tu sais bien, dit-il, que je t'ai promis de
lâcher Sylvia et Laure d'Aurigny, le jour où tes
amies voudront venir souper avec moi.»

Elle eut un geste superbe.

«Pardieu! je crois bien. Nous sommes autre-
ment amusantes que ces dames, avoue-le... Si une
de nous assommait un amant comme ta Sylvia et
ta Laure d'Aurigny doivent vous assommer, mais
la pauvre petite femme ne garderait pas cet amant
une semaine!... Tu ne veux jamais m'écouter.
Essaie, un de ces jours.»

Maxime, pour ne pas appeler le garçon, se leva,
enleva les coquilles d'huîtres et apporta le perdreau qui était sur la console. La table avait le
luxe des grands restaurants. Sur la nappe damassée,
un souffle d'adorable débauche passait, et c'était
avec de petits frémissements d'aise que Renée pro-
menait ses fines mains de sa fourchette à son couteau, de son assiette à son verre. Elle but du vin

blanc sans eau, elle qui buvait ordinairement de l'eau à peine rougie. Comme Maxime, debout, sa serviette sur le bras, la servait avec des complaisances comiques, il reprit :

« Qu'est-ce que M. de Saffré a bien pu te dire, pour que tu sois si furieuse ? Est-ce qu'il t'a trouvée laide ?

— Oh ! lui, répondit-elle, c'est un vilain homme. Jamais je n'aurais cru qu'un monsieur si distingué, si poli chez moi, parlât une telle langue. Mais je lui pardonne. Ce sont les femmes qui m'ont agacée. On aurait dit des marchandes de pommes. Il y en avait une qui se plaignait d'avoir un clou à la hanche, et, un peu plus, je crois qu'elle aurait relevé sa jupe pour faire voir son mal à tout le monde. »

Maxime riait aux éclats.

« Non, vrai, continua-t-elle en s'animant, je ne vous comprends pas, elles sont sales et bêtes... Et dire que, lorsque je te voyais aller chez ta Sylvia, je m'imaginais des choses prodigieuses, des festins antiques, comme on en voit dans les tableaux, avec des créatures couronnées de roses, des coupes d'or, des voluptés extraordinaires... Ah ! bien, oui. Tu m'as montré un cabinet de toilette malpropre et des femmes qui juraient comme des charretiers. Ça ne vaut pas la peine de faire le mal. »

Il voulut se récrier, mais elle lui imposa silence, et, tenant du bout des doigts un os de perdreau qu'elle rongeait délicatement, elle ajouta d'une voix plus basse :

« Le mal, ce devrait être quelque chose d'exquis, mon cher... Moi qui suis une honnête femme, quand je m'ennuie et que je commets le péché de rêver l'impossible, je suis sûre que je trouve des choses beaucoup plus jolies que les Blanche Muller. »

Et, d'un air grave, elle conclut par ce mot profond de cynisme naïf :

« C'est une affaire d'éducation, comprends-tu ? »

Elle déposa doucement le petit os dans son assiette. Le ronflement des voitures continuait, sans qu'une note plus vive s'élevât. Elle était obligée de hausser la voix pour qu'il pût l'entendre, et les rougeurs de ses joues augmentaient. Il y avait encore, sur la console, des truffes, un entremets sucré, des asperges, une curiosité pour la saison. Il apporta le tout, pour ne plus avoir à se déranger, et comme la table était un peu étroite, il plaça à terre, entre elle et lui, un seau d'argent plein de glace, dans lequel se trouvait une bouteille de champagne. L'appétit de la jeune femme finissait par le gagner. Ils touchèrent à tous les plats, ils vidèrent la bouteille de champagne, avec des gaietés brusques, se lançant dans des théories scabreuses, s'accoudant comme deux amis qui soulagent leur cœur, après boire. Le bruit diminuait sur le boulevard ; mais elle l'entendait au

contraire qui grandissait, et toutes ces roues, par
instants, semblaient lui tourner dans la tête.

Quand il parla de sonner pour le dessert, elle se
leva, secoua sa longue blouse de satin, pour faire
tomber les miettes, en disant :

« C'est cela... Tu sais, tu peux allumer un
cigare. »

Elle était un peu étourdie. Elle alla à la fenêtre,
attirée par un bruit particulier qu'elle ne s'expli-
quait pas. On fermait les boutiques.

« Tiens, dit-elle, en se retournant vers Maxime,
l'orchestre qui se dégarnit. »

Elle se pencha de nouveau. Au milieu, sur la
chaussée, les fiacres et les omnibus croisaient
toujours leurs yeux de couleur, plus rares et plus
rapides. Mais, sur les côtés, le long des trottoirs,
de grands trous d'ombre s'étaient creusés, devant
les boutiques fermées. Les cafés seuls flambaient
encore, rayant l'asphalte de nappes lumineuses. De
la rue Drouot à la rue du Helder, elle apercevait
ainsi une longue file de carrés blancs et de carrés
noirs, dans lesquels les derniers promeneurs surgis-
saient et s'évanouissaient d'une étrange façon. Les
filles surtout, avec la traîne de leur robe, tour à tour
crûment éclairées et noyées dans l'ombre, prenaient un air d'apparition, de marionnettes bla-
fardes, traversant le rayon électrique de quelque
féerie. Elle s'amusa un moment à ce jeu. Il n'y avait
plus de lumière épandue ; les becs de gaz s'étei-

gnaient ; les kiosques bariolés tachaient les ténèbres
plus durement. Par instants, un flot de foule, la
sortie de quelque théâtre, passait. Mais des vides
se faisaient bientôt, et il venait, sous la fenêtre, des
groupes de deux ou trois hommes qu'une femme
abordait. Ils restaient debout, discutant. Dans le
tapage affaibli, quelques-unes de leurs paroles
montaient ; puis, la femme, le plus souvent, s'en
allait au bras d'un des hommes. D'autres filles se
rendaient de café en café, faisaient le tour des
tables, prenaient le sucre oublié, riaient avec les
garçons, regardaient fixement, d'un air d'interro-
gation et d'offre silencieuses, les consommateurs
attardés. Et comme Renée venait de suivre des
yeux l'impériale presque vide d'un omnibus des
Batignolles, elle reconnut, au coin du trottoir, la
femme à la robe bleue et aux guipures blanches,
droite, tournant la tête, toujours en quête.

Quand Maxime vint la chercher à la fenêtre,
où elle s'oubliait, il eut un sourire, en regardant
une des croisées entrouvertes du café Anglais ;
l'idée que son père y soupait de son côté lui parut
comique ; mais il avait, ce soir-là, des pudeurs particulières qui gênaient ses plaisanteries habituelles.
Renée ne quitta la rampe qu'à regret. Une ivresse,
une langueur montaient des profondeurs plus
vagues du boulevard. Dans le ronflement affaibli
des voitures, dans l'effacement des clartés vives, il
y avait un appel caressant à la volupté et au som-

meil. Les chuchotements qui couraient, les groupes arrêtés dans un coin d'ombre, faisaient du trottoir le corridor de quelque grande auberge, à l'heure où les voyageurs gagnent leur lit de rencontre. Les lueurs et les bruits allaient toujours en se mourant, la ville s'endormait, des souffles de tendresse passaient sur les toits.

Lorsque la jeune femme se retourna, la lumière du petit lustre lui fit cligner les paupières. Elle était un peu pâle, maintenant, avec de courts frissons aux coins des lèvres. Charles disposait le dessert ; il sortait, rentrait encore, faisait battre la porte, lentement, avec son flegme d'homme comme il faut.

« Mais je n'ai plus faim ! s'écria Renée, enlevez toutes ces assiettes et donnez-nous le café. »

Le garçon, habitué aux caprices de ses clientes, enleva le dessert et versa le café. Il emplissait le cabinet de son importance.

« Je t'en prie, mets-le à la porte », dit à Maxime la jeune femme, dont le cœur tournait.

Maxime le congédia ; mais il avait à peine disparu, qu'il revint une fois encore pour fermer hermétiquement les grands rideaux de la fenêtre, d'un air discret. Quand il se fut enfin retiré, le jeune homme, que l'impatience prenait lui aussi, se leva, et allant à la porte :

« Attends, dit-il, j'ai un moyen pour qu'il nous lâche. »

Et il poussa le verrou.

« C'est ça, reprit-elle, nous sommes chez nous, au moins. »

Leurs confidences, leurs bavardages de bons camarades recommencèrent. Maxime avait allumé un cigare. Renée buvait son café à petits coups et se permettait même un verre de chartreuse. La pièce s'échauffait, s'emplissait d'une fumée bleuâtre. Elle finit par mettre les coudes sur la table et par appuyer son menton entre ses deux poings à demi fermés. Dans cette légère étreinte, sa bouche se rapetissait, ses joues remontaient un peu, et ses yeux, plus minces, luisaient davantage. Ainsi chiffonnée, sa petite figure était adorable, sous la pluie de frisons dorés qui lui descendaient maintenant jusque dans les sourcils. Maxime la regardait à travers la fumée de son cigare. Il la trouvait originale. Par moments, il n'était plus bien sûr de son sexe ; la grande ride qui lui traversait le front, l'avancement boudeur de ses lèvres, son air indécis de myope, en faisaient un grand jeune homme ; d'autant plus que sa longue blouse de satin noir allait si haut, qu'on voyait à peine, sous le menton, une ligne du cou blanche et grasse. Elle se laissait regarder avec un sourire, ne bougeant plus la tête, le regard perdu, la parole ralentie.

Puis, elle eut un brusque réveil : elle alla regarder la glace, vers laquelle ses yeux vagues se tournaient depuis un instant. Elle se haussa sur la pointe

des pieds, appuya ses mains au bord de la cheminée, pour lire ces signatures, ces mots risqués qui
l'avaient effarouchée, avant le souper. Elle épelait
les syllabes avec quelque difficulté, riait, lisait toujours, comme un collégien qui tourne les pages
d'un Piron dans son pupitre.

«Ernest et Clara», disait-elle, et il y a un cœur
dessous qui ressemble à un entonnoir... Ah! voici
qui est mieux : «J'aime les hommes, parce que
j'aime les truffes.» Signé «Laure.» Dis donc,
Maxime, est-ce que c'est la d'Aurigny qui a écrit
cela?... Puis voici les armes d'une de ces dames, je
crois : une poule fumant une grosse pipe... Toujours des noms, le calendrier des saintes et des
saints : Victor, Amélie, Alexandre, Édouard, Mar-
guerite, Paquita, Louise, Renée... Tiens, il y en a
une qui se nomme comme moi...»

Maxime voyait dans la glace sa tête ardente. Elle
se haussait davantage, et son domino, se tendant
par-derrière, dessinait la cambrure de sa taille, le
développement de ses hanches. Le jeune homme
suivait la ligne du satin qui plaquait comme une
chemise. Il se leva à son tour et jeta son cigare. Il
était mal à l'aise, inquiet. Quelque chose d'ordinaire et d'accoutumé lui manquait.

«Ah! voici ton nom, Maxime, s'écria Renée...
Écoute... J'aime...»

Mais il s'était assis sur le coin du divan, presque
aux pieds de la jeune femme. Il réussit à lui prendre

les mains, d'un mouvement prompt ; il la détourna
de la glace, en lui disant d'une voix singulière :

« Je t'en prie, ne lis pas cela. »

Elle se débattit en riant nerveusement.

« Pourquoi donc ? Est-ce que je ne suis pas ta
confidente ? »

Mais lui, insistant, d'un ton plus étouffé :

« Non, non, pas ce soir. »

Il la tenait toujours, et elle donnait de petites
secousses avec ses poignets pour se dégager. Ils
avaient des yeux qu'ils ne se connaissaient pas, un
long sourire contraint et un peu honteux. Elle
tomba sur les genoux, au bout du divan. Ils conti-
nuaient à lutter, bien qu'elle ne fît plus un mouvement du côté de la glace et qu'elle s'abandonnât
déjà. Et comme le jeune homme la prenait à bras-
le-corps, elle dit avec son rire embarrassé et mourant :

« Voyons, laisse-moi... Tu me fais mal. »

Ce fut le seul murmure de ses lèvres. Dans le
grand silence du cabinet, où le gaz semblait flam-
ber plus haut, elle sentit le sol trembler et entendit le fracas de l'omnibus des Batignolles qui devait
tourner le coin du boulevard. Et tout fut dit.
Quand ils se retrouvèrent côte à côte, assis sur le
divan, il balbutia, au milieu de leur malaise
mutuel :

« Bah ! ça devait arriver un jour ou l'autre. »

Elle ne disait rien. Elle regardait d'un air écrasé les rosaces du tapis.

« Est-ce que tu y songeais, toi ?... continua Maxime, balbutiant davantage. Moi, pas du tout... J'aurais dû me défier du cabinet... »

Mais elle, d'une voix profonde, comme si toute l'honnêteté bourgeoise des Béraud Du Châtel s'éveillait dans cette faute suprême :

« C'est infâme, ce que nous venons de faire là », murmura-t-elle, dégrisée, la face vieillie et toute grave.

Elle étouffait. Elle alla à la fenêtre, tira les rideaux, s'accouda. L'orchestre était mort ; la faute s'était commise dans le dernier frisson des basses et le chant lointain des violons, vague sourdine du boulevard endormi et rêvant d'amour. En bas, la chaussée et les trottoirs s'enfonçaient, s'allongeaient, au milieu d'une solitude grise. Toutes ces roues grondantes de fiacres semblaient s'en être allées, en emportant les clartés et la foule. Sous la fenêtre, le café Riche était fermé, pas un filet de lumière ne glissait des volets. De l'autre côté de l'avenue, des lueurs braisillantes allumaient seules encore la façade du café Anglais, une croisée entre autres, entrouverte, et d'où sortaient des rires affaiblis. Et, tout le long de ce ruban d'ombre, du coude de la rue Drouot à l'autre extrémité, aussi loin que ses regards pouvaient aller, elle ne voyait plus que les taches symétriques des kiosques rou-

gissant et verdissant la nuit, sans l'éclairer, sem-
blables à des veilleuses espacées dans un dortoir
géant. Elle leva la tête. Les arbres découpaient
leurs branches hautes sur un ciel clair, tandis que
la ligne irrégulière des maisons se perdait avec les
amoncellements d'une côte rocheuse, au bord
d'une mer bleuâtre. Mais cette bande de ciel l'at-
tristait davantage, et c'était dans les ténèbres du
boulevard qu'elle trouvait quelque consolation. Ce
qui restait au ras de l'avenue déserte, du bruit et
du vice de la soirée, l'excusait. Elle croyait sentir
la chaleur de tous ces pas d'hommes et de femmes
monter du trottoir qui se refroidissait. Les hontes
qui avaient traîné là, désirs d'une minute, offres
faites à voix basse, noces d'une nuit payées à
l'avance, s'évaporaient, flottaient en une buée
lourde que roulaient les souffles matinaux. Pen-
chée sur l'ombre, elle respira ce silence frissonnant,
cette senteur d'alcôve, comme un encouragement
qui lui venait d'en bas, comme une assurance de
honte partagée et acceptée par une ville complice.
Et, lorsque ses yeux se furent accoutumés à l'obscurité, elle aperçut la femme au costume bleu garni
de guipure, seule dans la solitude grise, debout à la
même place, attendant et s'offrant aux ténèbres
vides.

La jeune femme, en se retournant, aperçut
Charles, qui regardait autour de lui, flairant. Il finit
par apercevoir le ruban bleu de Renée, froissé,

oublié sur un coin du divan. Et il s'empressa de le
lui apporter, de son air poli. Alors elle sentit toute
sa honte. Debout devant la glace, les mains mala-
droites, elle essaya de renouer le ruban. Mais son
chignon était tombé, les petits frisons se trouvaient
tout aplatis sur les tempes, elle ne pouvait refaire
le nœud. Charles vint à son secours, en disant,
comme s'il eût offert une chose accoutumée, un
rince-bouche ou des cure-dents :

«Si madame voulait le peigne?...

— Eh! non, c'est inutile, interrompit Maxime,
qui lança au garçon un regard d'impatience. Allez
nous chercher une voiture.»

Renée se décida à rabattre simplement le capuchon de son domino. Et, comme elle allait quitter
la glace, elle se haussa légèrement, pour retrouver
les mots que l'étreinte de Maxime lui avait empê-
ché de lire. Il y avait, montant vers le plafond, et
d'une grosse écriture abominable, cette déclaration
signée Sylvia : «J'aime Maxime.» Elle pinça les
lèvres et rabattit son capuchon un peu plus bas.

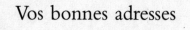

Vos bonnes adresses

J.K. HUYSMANS   *Les habitués du café*   7

« *Les uns fréquentent régulièrement tel café* »

FRANZ BARTELT   *Le bar des habitudes*   13
J. P. DONLEAVY   *L'homme de gingembre*   23
DAVID McNEIL   *Tous les bars de Zanzibar*   29
PATRICK MODIANO   *Dans le café de la jeunesse perdue*   35

« *Les autres y vont pour satisfaire
leur passion du jeu* »

EUGÈNE DABIT   *L'Hôtel du Nord*   47
LÉON-PAUL FARGUE   *Cafés de Montmartre*   51
GÉRARD DE NERVAL   *Le Café des Aveugles*   61
RAYMOND QUENEAU   *Les fleurs bleues*   64

« D'autres viennent simplement pour s'ingurgiter
les contenus variés de nombreux verres »

ANTOINE BLONDIN   *Un singe en hiver*   71
JACQUES PRÉVERT   *La grasse matinée*   82
JEAN ROLIN   *Zones*   85
ARTHUR RIMBAUD   *Au Cabaret-Vert*   89
PAUL VERLAINE   *L'Auberge*   91
ÉMILE ZOLA   *La Curée*   93

Vos bonnes adresses

....   113

DÉCOUVREZ LES FOLIO 2 €

Parutions de septembre 2008

Patrick AMINE   *Petit éloge de la colère*
De la colère de Dieu à la colère d'Achille, de la chaussure de
Khrouchtchev à l'O.N.U au « coup de boule » de Zidane, Patrick
Amine, au gré de ses lectures et de ses rencontres, nous entraîne dans
une explosion de fureur.

Élisabeth BARILLÉ   *Petit éloge du sensible*
Avec Élisabeth Barillé, découvrez qu'en se détachant des choses on
se rend plus sensible aux plaisirs qu'elles procurent, apprenez que la
liberté, c'est de savoir reconnaître et goûter l'essentiel…

COLLECTIF   *Sur le zinc*
De Rimbaud à Queneau, en passant par Zola et Blondin, accoudez-
vous au comptoir avec les plus grands écrivains.

Didier DAENINCKX   *Petit éloge des faits divers*
Récits d'événements considérés comme peu importants, les faits
divers occupent pourtant une large place dans nos journaux et notre
vie. Dans ces petites histoires de tous les jours, Didier Daeninckx
puise l'inspiration pour des nouvelles percutantes et très révélatrices
de notre société.

Francis Scott FITZGERALD   *L'étrange histoire de Benjamin*
                                 Button suivi de *La lie du bonheur*
Sous la fantaisie et la légèreté perce une ironie désenchantée qui place
Fitzgerald au rang des plus grands écrivains américains.

Nathalie KUPERMAN   *Petit éloge de la haine*
À faire froid dans le dos, les nouvelles de Nathalie Kuperman ont toutes le même thème : la haine. Haine de soi comme haine des autres, la
haine ordinaire, banale et quotidienne qui peut faire basculer une vie.

LAO SHE   *Le nouvel inspecteur* suivi de *Le*
                                 croissant de lune
Avec un humour et une tendresse non dépourvus de cruauté, Lao She
fait revivre une Chine aujourd'hui disparue.

Guy de MAUPASSANT   *Apparition et autres contes de*
                                 l'étrange
Des cimetières aux châteaux hantés, Maupassant nous attire aux
confins de la folie et de la peur.

Marcel PROUST — *La fin de la jalousie* et autres nouvelles

Mondains, voluptueux et cruels, les personnages de ces nouvelles de Proust virevoltent avec un raffinement qui annonce les héros d'*À la recherche du temps perdu*.

D.A.F. de SADE — *Eugénie de Franval*

Avec *Eugénie de Franval*, le « divin marquis » nous offre l'histoire tragique d'un amour scandaleux.

Composition Bussière.
Impression Novoprint
à Barcelone, le 18 août 2008.
Dépôt légal : août 2008.
ISBN 978-2-07-035839-7./Imprimé en Espagne.